銀の戦士

Miho Kanna
カンナ 未歩

文芸社

N
S
(氷河域)
ゴートの都
〈ゴーツ王国〉
〈キト〉
遊牧民族
地域
キリエ
侯爵領
ゾーン
大公国
シア
公国
〈ミラ〉
ナイトの森
〈ソラ王国〉
〈森の国〉
〈オーラ〉
〈オド〉
〈ジオレント〉
マント島
(通称スパイス島)
最後の戦い後の
国境線
最後の戦いで
失った貿易港
タマリンド
王の冬の離宮
大河バイユ
最後の戦いの
前の国境線
最後の戦い前の
国境線
〈ピエナ〉
〈イエナ〉

プロローグ

影は闇より黒く　光は白日夢より白く
〈神の家〉の前庭を　鮮かに二分する
夏至の陽は告げる　古き年の終わりと
新しき年の始まりを　その対角線上で
ふと猫は脚を止め〈始まりの歌〉に耳を立てる

我らの荷が軽い時
神の荷は重い
我らの荷が重い時も
神の荷は重く

されどその荷は希望にくるまれ
神は我らの手を引かず
されど我らを見捨てず
我らの道を共に歩む
我らに明日を示しつつ
…………

コーラスの間を　少女等が下りてゆく
肩のところで切り揃えた黒や栗色の髪を　今日は花冠で彩って
厳粛さの中に無邪気に　華やぎを添える
華やぎの最後尾には　選ばれし二人の少女
聖者の手より薔薇色の長外衣《ローブ》を着せ掛けられ　〈神の娘〉と定められし少女が
威光を纏いし国王と　〈銀の戦士〉に付き添われ下りてゆく
四年に一度の〈大祭〉　晴れがましき日の日盛り
歌の終わりを待って〈大扉〉が開くと　弾ける少女等の嬌声

すでに街壁の外では若者達の喧騒　内では物売りや呼び込みの掛け声
あちらこちらで始まらんとする　馬術や剣の競い合い
ざわめきと砂埃の中　その夏至の日も暮れてゆく
酒と音楽の中　また年は移り〈新しき御言葉〉を聴く
これまでと変わらぬ新年の光景が続くに違いない　誰もがそう信じていたろう

南東の丘の彼方　初めは微かに　次第に大きく　地鳴りのような響き
駆け下りてくる一頭の馬　街門目指して
戦意なきことを示す白いマントは　しかし不穏な風を孕んで
少女達に目の前の手を　男達に手の中の剣を強く握らせる
異国の馬具を纏った馬が　街路に入る
城門が開き　伝令が走る
何と恐れを知らぬ戦士達が　〈銀の戦士〉に護られし街と承知でやって来たのか
不安が渡る　無言で背中を押してゆくように
人々は壁の内へ戻され　兵士たちが呼び集められ
誰かが叫ぶ　祭りは終わりだ！　戦争だ!!　――

銀の戦士　目次

第一章　放浪の戦士

白い手の下で、黒い猫の背がピクリと動き、小さな頭が持ち上がった。

顔を上げると、ろうそくの炎の向こうの薄闇の中に、ぼんやりと灰色のシルエットが見えた。その人影が、手にしていた灯火《ランタン》を顔の前に翳した。

アミは他所《よそ》へ飛ばしていた意識を呼び戻すように、ゆっくりと息を吸った。吐く前に一時《いっとき》息を止めると、身の周りに正五角形を作るように置いてあるろうそくの炎が、一つずつ掻き消えていった。

最後の炎が消えると、人影は五方陣の中へ入って敷藁の上に膝を突き、灯火を二人の間に置いた。そうして少し慌てた様子で話し掛けてきた。

「女王様から指示があったわ。今宵、国を移動させるそうよ」

「今宵?」アミは思わず高い声を上げた。猫がピッと耳を立てざま、膝から滑り降りた。

「確かなの、アノン?」

「ええ、近いとは思っていたけれど、今日とは…」アノンと呼ばれた女性は、アミの顔を覗き込んだ。「どうするの、アミ? あの人も今日、ここへ着くのでしょう、もし間に合わなかったら…」

アミは青磁色のスカートを引っ張りながら、組んでいた脚を解いて、両膝を揃えて立てた。脇に置いてあった剣を取り上げ、その膝の上に乗せた。銀の鞘に埋め込まれた赤い石《ガーネット》が、灯火の中で硬い光を放った。

「抜くつもりもなく…」アミはまだ他所に心があるような声で、独り言のように言った。

「こんな剣を肌身離さず持ってるなんて、妙な気分よ。〈あちら側〉の男達の気持ちがわからなくもないわね。良い剣を持てば、力を誇示したくなる…私達には、血を流す度胸がないだけなのかもしれないわね…そうよ、アノン、私は怖かった。傷つけられるのも、傷つけるのも…なのに、どうして…」声はろうそくの煙のように、消えていった。

一時の沈黙の後、アノンが口を開いた。

「ねえ、あの人を真っ直ぐ女王様の御前に行かせるよう、仕向けた方がいいのじゃないかしら? 女王様から剣を返せと仰せられれば、あの人だって…」

「女王様の御手に剣が戻りさえすれば、それでいいと言うの？」アミは怒ったように相手を見た。けれど瞳は悲し気だった。「私がここへ戻ってきたのは、私の身に〈力〉が戻ってきたのは、それだけのためだ、と…？」

「いいえ」アノンは、何を言っても今のアミを傷つけずには済まないのだと思った。思いながらも視線を、剣からアミの顔に戻した。「もちろんそれが、貴女の気持ちにも、立場にも叶うと思って言ったのではないわ。でも、今更あの人に会えば、痛みが増すばかりではないの？」

「そうかもしれない」アミは唇を噛んで、視線を落とした。「でもあの人の国では、私は無力だった。この森の中でなら、無力になるのはあの人の方よ。わざわざここまでやって来た人を、やって来た剣を、どうして森の奥まで素通りさせなきゃならないの？」

それから剣の先を床に立て、掴まるようにして腰を上げた。頭を振って頬にかかる黒い髪を後ろにやると、背筋を伸ばし、その手を柄頭に置いて立った。灯が足許にあるので、その表情《かお》は伺えなかった。それでも燃えるような緑の瞳が正面の空間を真っ直ぐ見すえていると、アノンにはわかった。

「私は、何者？」その空間に向かって投げつけるように、アミは言葉を継いだ。「私達は何者？　貴方はそれすら、わかっていなかった。貴方は何を見ても、自分が正しいと信じ続けた。神は後悔しておられるに違いないわ、貴方に〈銀の剣〉をお与えになられたことを。そうして貴方も、今日こそは後悔する筈、私を怒らせたことを。何故と言って、認めたくはないけれど…誰も私を、こんなに苦しめられはしない、貴方の他には、フラン・リコー…」

思いを乗せる　言葉が反応する
言葉を掛ける　世界が反応する
世界を受ける　精神《こころ》は反応する
精神《こころ》は伝える　人々は反応する
そうして神の意《カノン》は　あまねく広がりゆき
人は広がりゆく黄昏の中にも　御心《カノン》を知り
広がりゆく心の闇の内にも　神を感じる……

呟くような歌声は、けれど静かに昇ってゆく。天へ戻ってゆく昼の温もりと共に。空からは代わりに、冷えた宵の空気が降りてくる。後ろに西空を振り返れば、木々の間から陽の残光が、弱々しく手を差し伸べていた。一方行く手の空は、すでに灰青色《スレート》に翳り、一つ二つ、微かに星さえ瞬いていた。目の前の木々の枝裏《ふところ》からも、闇が這い出してきていた。

フラン・リコー・ゾイアックは祈りの歌を途切らせ、その光と闇がひと時せめぎ合う様を見つめた。

「今日はいかがなさいます、リコー様？」従者モトスが、彼の主人を馬上に振り仰いで問うた。「もっと先まで進んでみましょうか、それとも、前方に何軒か人の住家が見えますが…？」

二人の目の前の道は緩やかに下りつつ、森の奥へと続いていた。その道は獣道よりややましな程度の道だった。けれど一本だけ、不思議にはっきりと、じきに森の出口か川にでも行き着きますよと言わんばかりに伸びていた。そうして道の上方には帯のように空が開け、二人の足元を実際以上に明るく見せていた。それ故、森の奥深くに彷徨い込んでゆくのだという気がしないままに、二人は黙々とその道を辿っていた。

現実には、朝には疎らだった左右の木々は次第に密集してきていたし、人の姿も見掛けなくなってから何時《なんどき》も経っていた。今目の前に現れた木造りの家々も、小さく、ひっそりとして周囲の大木の根元に寄り添うように建ち、森の闇に同化するのを待っているかのようだった。折から小さな窓明りがポツリポツリと灯り始めなければ、幻かとも思うところだった。

その明りを追って、リコーの視線はゆっくりと動いていった。そうして答えを選びながら、彼は不思議な感慨を覚えていた。従者が自分を洗礼名で呼ぶ、そんなことは以前の自分であれば決して許さなかっただろう。それはこの旅が二度と故国へ戻れぬかもしれぬ旅だからなのか。あるいは相手が若いモトスだからなのか、彼の厳格な祖父ではなく。

これまでの旅では、連れはいつもモトスの祖父ウリヤノだった。ウリヤノはリコーの父の従者だった。同時に、代々ゾイアック家に馬丁頭として召し仕える家系の者でもあり、同時に王国軍の兵士でもあった。リコー達兄弟に馬の扱いや、国軍幹部の息子としての気構えや振舞い方を教えてくれた。風貌は穏やかながら、らしくない言行や甘えは決して許さなかった。他の人間であれば、子供の躾はお前の仕事ではない、出過ぎた真似と父の不興を買っただろう。けれど父はウリヤノを信頼し、彼のやり方には一度も口を挟まなかった。彼は完璧な従者であると同時に出来た人間であり、信用のおける友人だと言った。

リコーが他の兄弟に先んじて帯剣を許された時、父はウリヤノを彼の従者に任じた。そうして言った。お前は才能ある子供だ、一族の中で、否、このジオレントの国で最も優れた戦士になるやもしれん、そのお前に付き従うにふさわしい者はウリヤノしかいない、と。その時彼は八歳だった。それから三十年、彼の隣には常にウリヤノがいた、激しい戦いの時も、辛い旅の間も。父よりも、おそらくは神よりも近くにいた。

そのウリヤノは、すでにこの世にいないリコーの父よりも年上だった。定かではないが七十は越えているだろう。旅の連れなどさせられない、ましてこの度は国を捨てて行く旅だ。ウリヤノは伴をすると言い張ったが、リコーは頑として許さなかった。最後にウリヤノは、では代わりにモトスを連れて行ってくれと言った。

モトスは二度と戻れぬかもしれぬ旅に出ろと言われても、些かもたじろがなかった。私はこの国を出て、通常の旅で行くよりもっと広い世界を見て回ることが私の運命としてあればよいのにと、いつも思っておりました、それがゾイアック様の従者となって叶うなんてこの上ない喜びです、そう彼は答えた。不思議な男だった。リコーの半分しか生きていないのに、人生を見透したような落ち着きを持っていた。そうして〈偉大なる銀の戦士〉フラン・リコー・ゾイアックが何故この国を追われるように出てゆくのか、そんなことは問題ではないといった仕草で、この、まだ少年と言いたい程あどけない顔をした小柄な若者は、自分に与えられた鹿毛《かげ》の牝馬《ひんば》の手綱を引き、振り返りもせずに街門を出てきたのだった。

「リコー様…?」モトスが再び呼び掛けた。

リコーはぼんやりとした口調で、呟いた。「いつ頃から、そう呼ばれていたのかな…」

「…お気に召しませんか?」

視線を虚空からモトスの顔へ戻し、リコーは小さく微笑んだ。

「いや、そうではない。唯、私をリコーと呼ぶ者はこれまでいなかった、聖者と導士達の他には。まして〈様〉を付けて…」

モトスは珍しく顔を赤らめた。

「その…ゾイアック様より呼び易そうでしたので、試しに口にしてみましたら、お嫌ではなさそうでしたから。聖者より賜った神聖な名であるとは承知しておりますが」

他に理由があるのではないかとリコーは感じた。が、黙って視線を前方へ戻した。

一番手前の家の明りの中に動く影が見えた。

「あの集落に、宿を求めてみよう」

「あそこに、ですか？〈魔女の娘達〉の集落では…」そう言いかけてモトスは、ハッとしたようにリコーを見た。「あの、決して他意があったのではありません。唯…」

もう顔の赤らみは消えていた。そうだ、こんな時でさえ、彼は決して慌てない。主人の気に障ることを言ってしまったと確信している時でさえ。どんな嵐にさえ落ち着き払って対処出来るこの性格は、ウリヤノ譲りのように見えて、実際には全く未知の人物と対しているような感じがある。ウリヤノにあった頑固さや、厳格さから出る落ち着きとは違う性質のものだ。この若者は一体何者なのだろう。その癖、つい今し方の狼狽は彼を新米の従者らしく見せてもいたが…リコーは我知らず苦笑した。

「わかっている。お前だけではない」そこで一寸言葉を途切らせた。

　モトスは口を噤んで待った。

「共に暮らしてさえ、魔女に対する違和感のようなものは完全に拭い去れるものではない。どんなに愛していても…ましてや戦士ではなく、魔女と日常的に接する機会のない者に偏見を持つなと言う方が無理だろう」

　否、むしろ…リコーは胸の内で続けた。愛すれば愛する程にわからなくなる。彼女達は何者なのか、彼女達にとって我々〈こちら側〉の人間はどういう存在なのか。我々は互いに互いを必要としている。それは確かだ。けれど互いの目的のために相手を理解する必要はないのだ。愛する必要もまたない。そうなのか？　神は愛を説きながら、愛のない関係を持たせるために我々を地上《ここ》に置き賜うたのか？

　千何百年かの昔には、彼女達〈魔女〉は他の人々の中で共に暮らしていたという。その頃から〈気〉と呼ばれる強い精神の力を持っていた彼女達は、人々から畏れられる存在であると同時に、その力の恩恵を受ける戦士達にとっては女神とも崇め敬うべき存在だった。〈魔女〉でなく〈司巫女〉と呼ばれ、神と、神の御意思を代弁する者である聖者とに仕え、戦士に力を与え、守護する役割を担っていた。

　けれど彼女達は祭壇を降り、人の目からも隠れ去ってしまった。原因は何だったのだろう。

一説には、ジオレントとその周辺の国々の導士達及び戦士達の間に、魔女を〈神の家〉から追い出し、力と剣を奪い取り、自分達だけで世界を支配しようとする企みがあったからと言われる。それは何故に…？　人々の〈気〉の力への恐怖心だろうか。同じ聖者に仕えながら、司巫女よりは下位に置かれていた導士達の嫉妬だろうか。力を歪んだ目的に利用しようとする一部の戦士達の悪意だろうか。

いずれにせよ彼女達は〈こちら側〉にはいたたまれなくなり、神はその悲嘆をお聞き届けになられた。神はまた、この世の秩序を守るためにもそれが必要と考えられたのだろう。人の目の届かぬ、大陸の奥の深く広大な森を彼女達にお与えになられた。そうして彼女達の力と守護は、望む戦士全てに与えられるものではなくなってしまった。

今ではその力は〈魔女の剣帯〉及び〈銀の剣〉という形あるものとして知られる。それらを求める戦士は長い旅をし、木々と霧と艱難の向こうに〈魔の国〉の入り口を探さなければならない。それは容易ではなく、森の奥に彷徨い込んだまま出口も魔の国も見出せず、命を落とす者も数知れずいる。ようよう見つけ出しても、入り口の手前には守護役を仰せ遣った女性達の集落がある。

そこに住む者は〈魔女の娘達〉と呼ばれる。ほとんどは魔女とこちら側の男との間に生まれた女達で、皆一様に魔女の特徴である豊かな黒髪を持っている。瞳は一様ではなく、〈気〉

を持つ者であることを示す緑色をしている者もあれば、違う色の者や、片目だけが緑色の者もあった。けれど彼女達の〈心の眼〉は、女王のそれと同じ位正確に悪しき心を見分ける。彼女達によって正しき心の戦士と認められた者だけが〈魔の国〉へ入り、〈力〉を求めることを許される。

〈魔女の剣帯〉はおそらくその内の半数近い戦士に与えられているだろう。その剣帯に守られた剣は、決して折れもしなければ錆びもしない。〈銀の剣〉にはもっと強い気が、〈魔の女王〉自身の手によって込められている。その気《パワー》は、並の戦士にはとても扱えるものではない。が、それを制御し得る程優れた戦士であれば、その剣を持ち続ける限り決して戦いに敗れはしないと言われる。今現在生きている戦士の内でその剣を持つ者は、即ち〈銀の戦士〉と呼ばれ、全ての戦士たる者の目標とされ、憧れと崇拝を受けるべき者は、リコー唯一人だった。

もちろんそれらの力は無条件に授けられるのではない。銀の剣を受ければ代わりに、女王の身内か側近の内から、剣帯を受けた者は魔女か魔女の娘達の内から、一人を選び、伴侶としなければならない。そうして必ず娘を……魔女から生まれる子供は不思議なことに大半が女の子だが……もうけなければならない。それは〈契約〉、世界の秩序を保つために必要な契約なのだ。

契約が守られている限り…そう考えながらリコーは、自分の剣の銀の柄にそっと触れた…

敗北はあり得ない筈なのだ。秩序は保たれる筈だ。それが神の愛の証しなのだから。ジオレントの国は勝ち続け、世界の中心であり続ける筈。魔の国と娘達の集落は霧と木々に守られ、唯の旅人の目に容易に触れたりはしない筈だ。

「なのに、何故…」リコーはそう呟きつつ、手綱を緩めた。

「え?」モトスは慌てて並びかけた。「何故、と言われますと…?」

「あの集落に、あまりに簡単に行き当たった。それは…単なる幸運なのかもしれない。そうだな、私が疑い深くなり過ぎているのかもしれない。最後の戦いの暫く前から、おかしな気配があったからな、後にして思えば。そうして、あの敗戦だ…」リコーは言葉を途切らせ、苦い思いを追いやるように、頭の脇で片手を振った。

「いずれにしても、暮れ切ってしまう前にこの森を抜けられるとは思えない。野宿もいいが、屋根の下に休める機会を見逃すこともないだろう」

「もちろんです。ですが私は野宿でも…」言いかけてモトスは、冷たい風に身震いした。彼等が広大なる故国ジオレントの北の国境を越えて久しかった。その上彼等の住んでいた首都タマリンドはジオレントの南端近く、亜熱帯地方に位置していた。はっきりとした四季というものはなく、シーズンは雨期と乾期に分けられるだけだった。

この辺りでは季節は、今ようやく冬から春に変わろうとしていた。ここ数日は降雪を見る

 こともなくなり、木々の枝々からは若緑や銀鼠色の芽が顔を見せ始めていた。そこかしこの下草や溶け残った雪の間からも、黄や紫の小さな花々が挨拶を送ってくる。

それでもまだ風は冷たく、夜気は肌を刺すようだった。モトスには、初めて経験する冬という辛い日々が終わったも同然だと言われても、容易には信じられなかった。冬や雪は盗賊よりも手強い敵で、油断は禁物だと思えた。旅慣れているリコーはともかく、馬達までが平気な顔をしているのが不思議だった。今地面は雪解け水を含んで柔らかくなっているとはいえ、黒い土の上を行くよりも、積雪の上を歩いていた時の方が楽しそうにも見えた。馬というのが元々北国からやって来た動物だと言われているのは本当なんですね、とモトスはこの冬の間、何度も口にしたものだった。

その馬達が、ふいに鼻面を擡げて震わせた。集落は低い石垣に囲まれていた。石垣の切れ目から、一番手前の家の戸口が見えた。その戸口の前に蹲っていた黒っぽい丸いものが起き上がり、背中を膨らませて身構えた。

モトスは手綱を絞りながら、声を掛けた。「大丈夫、唯の猫だ」

その猫は突然の〈来客〉に向かって尻尾をピンと立て、甲高い声で二声三声鳴いた。美しい声だった。威嚇の声より高く澄んで、求愛の声程の緊張感はないが訴え掛けるような音色は、天の雲をも呼び落とすかの如く鋭く駆け昇り、夕空のドームに響き渡った。

馬達は神経を些か刺激されたらしく、頭を振り、身を捩らせた。

けれどリコーには懐かしい声だった。かつて剣を求めて訪れた魔の国で、幾度同じような鳴き声を聞いたろう。彼の伴侶となったアミがかの国で可愛がっていた猫は、幾度彼女の玄関先で彼の存在を歌い告げただろう、〈魔女の猫〉だけが持つ不思議な喉でもって。

ところが今その声に呼び出されてきたのは、リコーの予期に反して魔女の娘ではなかった。長身の若い男ではあったが、魔女の中に稀に生まれると言われる、黒髪で中性的な顔立ちの男でもなかった。その者は戦士の身形をし、赤茶っぽい長髪を後ろに撫で付け、項のところで一つに束ねていた。戦士らしい精悍な面差しを持ち、油断のない眼を真っ直ぐに訪問者達に向けていた。

リコーとモトスが石垣の手前までやって来るのを待って、彼は共通語で声を掛けてきた。戦士なら誰でも、最初の旅に出る前に習い覚える言葉だ。

「止まれ！　旅の者か、それともこの集落に用のある者か？」

馬から降りると、リコーも同じ共通語で応じた。

「そのどちらでもある。我々は旅の途上にあり、この集落に一夜の宿を求めたい」

「なるほど、それで名は何と…」そう言いつつリコーの腰の辺りに目を遣った若者は、驚きに声を詰まらせた。「それは…！　まさか…」

リコーはマントを肩に撥ね上げたままでいたのを悔やんだ。放浪の身となった今、進んで人に身分を知らせるのは本意ではなかった。むしろこの旅の間中、銀の戦士である、否、銀の戦士であったと知られぬよう常に用心していた。今に限ってその用心を何故怠ってしまったのか、彼は我が事ながら解せなかった。けれど剣を見られた以上、隠しようはなかった。

その銀の柄には、魔の女王の剣であることを示す∫とョの文字を組み合わせた文様が彫り込まれ、長い銀の鞘には赤い石と金とで、見事な嵌め込み細工が施されていた。

「〈銀の剣〉です、確かに」何処かで女性の声がした。

気が付くと夕闇に引きずられるかのように、霧までもが集落に迫ってきていた。紗幕が引かれてゆくように、視界は急速に狭まっていた。

「フラン・リコー・ゾイアック様ですね。お待ちしておりました」

先刻まで猫がいた筈の戸口に、灰色の衣装に身を包んだ黒髪の女性が、影のように立っていた。

「アミ！」思わずリコーは、伴侶の名を口にした。

二、三歩近付いてよく見ると、アミとは別人だった。が、漆黒の髪ばかりでなく、シルエットも雰囲気も、快いアルトの声さえも、よく似ていた。

「私はアムニアナの、通称アミの従姉妹でアムナヴィーニと申します」彼女は聞く者の心を麻痺させるような、その心地好い声で答えた。「アノンとお呼びくださって結構です。アミは、貴方様が自分を探してここへ、魔の入り口へやって来るだろうと申しておりました」

相変わらず自惚れの強い女だ、とリコーは思った。自分は全てを失ったのだ、過去も未来も、現在《いま》さえも！　絶望と虚無に背を押されるように国を出てきたのだ。それは誰のせいだ？　全てがアミのせいとは言わないが、今更自分を裏切った女を、その女の国を探し求めるなど…だが偶然とはいえ…いや、偶然なのだろうか、ここへ来たのは。それとも、アミの魔法の為せる業なのか…？

「アミは、ここにいるのですか？」

リコーはアミに会いたいと思って尋ねたのではなかった。けれどアノンは心得顔に頷いた。

「どうぞ、ついておいでください」彼女はそう言って、背を向けて歩き出した。その後ろ姿は、たちまち霧に覆い隠されてしまった。

「この霧の中を？　私は魔女ではありませんよ」

リコーの言葉に応えるように「ニャアン」と猫の声がした。霧の中に二つの金色の瞳が光っていた。と思うや、瞳はフイと消え、チリンチリンと鈴の音が遠ざかってゆくのが聞こえた。その音が途切れると、少し離れた所に再び金の光が見えた。

リコーは馬の手綱をモトスに渡した。「お前は、ここで待っていろ」

「リコー様、ですが……」モトスはリコーとの旅の中で初めて、不安気な顔を見せた。馬達もまた、不安気に尾を大きく振っていた。

けれどリコーは「馬から目を離すな」それだけ言うと、霧の中へ入っていった。

いつの間にか家も石垣も、全て霧に飲み込まれてしまっていた。近くに立っていた筈の長身の戦士も見えなくなっていた。物音もなかった。鈴の音もすぐに小さくなって、消えてしまった。こんな霧は初めてだ。これも魔女の業の一つなんだろうか。モトスは心の中で呟いた。

ジオレント国の首都タマリンド、その北門を出るとすぐ、市の立つ広場がある。その石畳の広場の左手に、人工の水路に囲まれて苔むした僧院が佇んでいる。この僧院の内に建つ礼拝堂は、ジオレント最古の建造物の一つ、否、現在《いま》尚使用される建物としては、世界最古と言ってよかった。まだ〈司巫女〉の長であった当時の〈魔の女王〉が使ったと言われる杖や台座すら残っていた。人々はこの僧院を〈神の家〉と呼んでいた。かつては神を求める全ての人に開かれていたその〈神の家〉の内部が、今では一般の人々の目に触れることはなかった、四年に一度きりの機会を除いては。それは〈大祭〉の日であり、その日〈神の娘〉が選ばれ、〈大扉〉が開かれるのだった。

僧院の背後には葡萄畑が、葡萄畑の向こうには岩の高台が広がっていた。上面の平らな、草木も生えない砂色の高台は、巨大な岩のテーブルを畑地の真ん中にドンと置いたように見えた。その不毛の岩卓の上には、聖者の御座します大聖堂が乗っていた。こちらは魔女達が去った後に建てられた物ではあったけれど、それでも最も古い部分は一千年近い時に耐えていた。最も新しい部分は天を突くように聳え立つ黄金の大鐘楼で、これは当代の聖者がほんの四十年程前に、より高くより壮麗にと建て直した物だった。何しろこの大鐘楼こそ、神の御言葉が聖者に下る場所だと言われていたのだから。

御言葉はカノンと称され、〈こちら側〉では聖者だけが、その追奏曲《カノン》を聴けるのだと、即ち聖者の歌声《カノン》は神の御心《カノン》そのものだと、信じられていた。

アミはその大聖堂が嫌いだった。聖者が嫌いだった。穏やかに微笑みつつ、少年のような高い声で歌うように正典《カノン》を詠じる老人の姿には、うさん臭さしか感じなかった。

「魔の女王も私も、神の御意思《カノン》をそれぞれの国民に伝える者。別の世界に住んではいても同じ神の僕《しもべ》なのです」優しくそう誘われても、リコーや他の熱心な信徒達のように頻繁にあの高台へ通う気にはなれなかった。

そつない笑みの下、聖者も内心ではアミに嫌悪感のようなものを持っていた。リコーは気付かなかったのだろうか？　戦いの時には人々は神にも祈るが、アミとリコーの名をも熱狂的に叫ぶ。平和な時には唯の他国の女も、勝利の旗の下では女神とも称えられる。いつかそれが、魔女の聖都《タマリンド》への帰還を望む声に変わるかもしれない。権力を持つ人間は、同時に警戒心と不信をも持つものだ。

リコーは聖者を心から信奉していた。聖者の詠じる正典《カノン》は彼にとって人生の規範であり、世界の基礎だった。

とはいえ、リコーは大聖堂にも市中の聖所にも滅多に足を運ばないアミを、責めはしなかった。別の世界の人間だからと割り切っていたのだろうか。自宅で捧げる朝夕の祈りも、強要はしなかった。戦いや競技の前に、リコーと銀の剣が常に魔の女王の〈気〉に守られているよう念じる、アミが怠ってはいけないのは唯それだけだった。

いずれ魔の国へ帰る女だから…とはいえ、その時までの年月は短いものではない筈だった。リコーが老い衰えて剣を置くか、あるいは命を落とす時まで、故国を遠く離れた土地で一人異邦人として暮らすのだ。何か信じるものがなければ、やってゆける筈もない。だから信じていた、愛されていると。理解されていると。

最初に疑いが生まれたのは何時だったろう？　最初から信じてはいなかったのかもしれない。リコーが聖者と正典を信じるようには、国軍の戦士達がリコーを信じるようには、リコーを盲信していなかったのは確かだ。けれど、けれど愛していた。

フランシーが生まれた時だろうか？　栗色の、自分と同じ色の瞳の娘を見て、リコーは手放しで喜んだ。アミがショックを感じていたとは気付きもしなかった。

アンナが、アムニヴィエンナが生まれた時もそうだった。緑色の瞳の娘を見て、アミに似過ぎていると言った。

聖者がフランシーをいたく気に入っておられる、そうリコーが言った時だ、自分の内にはっきりと亀裂を覚えたのは。リコーは機嫌良く笑っていた。たいそう賢い娘だし、巫女に向いた素直な性格をしていると言われたよ。この娘は魔力もないし、黒っぽい髪の娘はこの国ではさほど珍しくもない。だから気にせずともよいと…。

気にせずともよい？　ああ…魔女の娘を生涯〈こちら〉に置くことを、あの聖者の巫女になぞすることを、私が気にしないと本気で思っているのなら、この人は私をわかっていないのだ。愛してすらいないのだ！　アミはそう感じた。

アミはあのタマリンドの街そのものも嫌いだった。埃っぽく騒々しい街が、頭の芯まで焼かれるような強い太陽が、熱く乾いた風が嫌いだった。唯そこに立っているだけで疲労した。十年で、五十も百も年を取ったような気がした。魔女の森が懐かしかった。湿った霧の匂いが、苔の匂いが、樹木の匂いが懐かしかった。柔らかな日差しの下で、青い葉の香りが枯れ葉の香りに、枯れ葉の香りが土の香りに、土の香りが新芽の香りに移り変わって巡ってゆく、生命《いのち》そのもののような森の日々が恋しかった。そんなアミの孤独も、リコーはわかろうともしていなかったのだ……憎しみはきっとあの国の焼けた砂埃の匂いと共に、少しずつ、胸の中に忍び込んでいたのだ。

そうして、アンナの死！　流行病《はやりやまい》で、あの年は大勢の子供が死んだ。戦争で男達はいなかった、リコーも。侵略のための、ジオレントの勢力範図を広げるためだけの戦争だった。アミは、他所者の女は一人で泣いた。

アンナの死を知っても、リコーはフランシーを巫女にする考えを捨てなかった。それどころか巫女の中の巫女である〈神の娘〉にしたいとさえ願っていた！　緑の瞳の娘なら、魔の国に連れ帰る娘ならまた作ればいいさ、と言った。アミは自分の心が崩れる音を聞いた。

その後決して、リコーの手を自分の身体に触れさせはしなかった。リコーの方でも無理に抱こうとはしなかった。欲望の処理をしてくれるだけの女には、銀の戦士ともなれば不自由などしないわよね…そう考えてもう、悲しくもなかった。

娘も連れず、銀の剣を持たずに戻っても、魔の国に入れないだろうとはわかっていた。けれどジオレントにはもういられなかった。魔の女王からどんな罰を受けようと、リコーの側にい続けるよりはましだと思った。従姉妹のアノンが魔の国の外側に住んでいなければ、彼女の集落に置いてくれなければ、本当に行き場を失っていただろう。

アノンには感謝しなければ、とアミは思った。女王にも執り成してくれた。おかげで、銀の剣を持ち帰るなら女王の〈家〉にすら戻ってもよいと、寛大な御言葉を得られた。アノンに報いるためにも、ここであの剣を取り戻さなくては。


鈴の音が止んだ。振り返ったのはけれど金色ではなく、緑の瞳だった。

リコーはその瞳に問い掛けた。「アミ、なのか?」

「遅かったのね」霧の中から聞き慣れた声が返ってきた。「随分待ったわ、フラン・リコー。貴方を、そうして貴方の腰の〈女王の剣〉を」

「目当ては、この剣か」

「そうよ。もう貴方には必要ないでしょう」

その言葉に思わずリコーは、左手を剣の鍔に掛けた。かつての愛情のかけらも残っていないばかりか、毒さえ含んだ口調だと感じた。

彼もまた、険のある声を返した。「必要ないとは、どういう意味だ?」

「あら、言葉通りの意味よ、わかってるでしょ。それとも貴方…」アミは、声を立てて笑った。「まさか戦いに敗れたくせに、まだ〈銀の戦士〉の資格があるなんて、思ってるんじゃゃないでしょうね」

リコーは今度は、はっきりと怒りを感じた。何故そのように笑えるのだ？　自分には何の罪もないと思っているのか！

けれど口に出しては、こう言うに止めた。「この剣は、まだ私のものだ」

「銀の剣は、誰の手の中にあっても常に、魔の女王のものよ」緑の瞳がゆっくりと近付いてきた。「さあ、こちらへ寄越しなさい。女王が御所望でいらっしゃるのですから」

リコーはその瞳を直視しないようにしながら、答えた。「お前の手にだけは、渡さない」

「私の手には、ですって？」声が微かに震え、瞳が磨かれた宝玉のような輝きを帯びた。「それは私が女王の御手から受け、貴方に預けた物よ。女王の〈気〉が薄れないよう、私が守ってきた物よ。それを私以外の、誰の手に渡すと言うの？」

「お前に、この剣に触れる資格があると思うのか？」リコーは左手で剣を庇うようにして、一歩下がった。「自分の娘を見殺しにした…」

「あの娘が悪いのよ、フランシーが！」アミのからかうような口調が、怒りに変わった。

「あの娘は、最初から私に懐かなかったけれど、私を、母親なんかじゃないとまで言ったのよ。その上私が隠しておいた銀の剣を、どうやってか盗み出して、貴方に届けようと…」

「やはり、剣をすり替えたのはお前か！」

首都タマリンドから南に丸一日馬を走らせた所に、国境線を兼ねる大河バイユが流れている。その河縁には、王の〈乾期の館〉が在《あ》る。前線司令部はその館の一角に置かれていると、敵も、ジオレントの人々も思っている筈だった。

実際には数日前密かに、本隊はもっと上流の南東の国境地帯へ移動していた。そこは棗椰子の樹々が自生する、なだらかではあるが起伏に富んだ丘陵地帯で、河の対岸までよく見通せ、しかもこちらの身を隠す場所はふんだんにあった。

狙い通り敵軍は、その大半が南東の河岸に結集していた。仮に南から渡ってこようとする敵兵がいたとして、館にも屈強の一部隊を残してきた。常駐の警備兵もいる。河沿いに築かれた守護壁は、どの館や宮殿の物より堅牢だった。

不安を感じる理由はない筈だった。分析通りなら、戦力もこちらの方が上だ。そうしてリコーの分析と戦術にこれまで誤りがあったためしはなかった。今回も同様に、銀の戦士に護られし国に攻め込もうなど無謀もよいところだったと、思い知らせてやればよいだけのことだった。

にも関わらず、リコーは腰の剣に違和感を覚え、妙な胸騒ぎすら感じていた。

そこへ伝令が届いた。南岸の館が敵の一派に急襲された、と！

幸いにして敵の数は少なく、大半は上陸すら出来ぬまま逃走し、侵入してきた者も全て切り捨てました。伝令の戦士はそこまで言って、不安気にリコーから顔を背けた。

強く促されてその男が続けた報告は、リコーにも他の者にも全く信じ難いものだった。

館南翼の壁の一部が破壊され、負傷者が三名出ました。二人は軽傷ですが、残る一人は重傷を負っています。その一人とは、その…司令のお嬢様です。フランシー様です！

リコーが駆けつけた時、フランシーはすでに冷たくなっていた。

アミも館にいた。が、リコーの顔を見ると、貴方の娘は死んだわ、眉の一筋も動かさず、そう言い放った。一瞬呆然とするリコーが言葉を返す前に、さっと背を向けた。そうして乗ってきた馬を出すように、タマリンドへ戻るからと、自分の護衛兵に命じた。

館の警備隊長が近付いてきて、一振りの剣を差し出した。銀の剣だった、本物の。柄を握ると〈女王の気〉が感じられた。

隊長は説明した。フランシー様はこちらへ見えられた時も、お怪我をされた時も、この剣を胸にしっかりと抱きかかえておられました。そうして、お父様は何処？　連れていって。これを渡さなくちゃ…そう繰り返し、口にしておられました。それから、その…大変申し上げ難いのですが…そこで彼は口ごもった。

促されて、囁くように続けた。奥様が駆けつけていらした時、お嬢様のお身体は、まだ温かかったと思われます。私が最後に拝見しました時には、大変苦し気にではありましたが、呼吸《いき》をしておられたのですから、ええ、確かに。

魔の国の女は人の息を吹き返らせることが出来る、身体に十分な温もりが残っていれば。大変な〈気力〉を使う業だと聞くが、死にかけている人間を、それも自分の娘を、見捨てる理由になるだろうか。

何故そのようなことが出来る？　この剣の故か？

何故、フランシーはこの剣を持っていた？

何故、フランシーはタマリンドの外へ出た？　出られた？　門衛達は何をやっていた？

何故？と副官は言った。申し訳ございません。丘を守りきれなかったことに、言い訳はいたしません。ですが何故、前線をこれ程長く離れられたのです、司令？

何故《なにゆえ》？と王は言った。そなたの奥方が失踪したとか？　そなたは何もせず、屋敷に引き籠っておると聞く。近年のこの国の繁栄は、そなたと奥方の存在あればこそであった。では、この度の屈辱は何故か？

何故《なにゆえ》？と聖者は言った。そなたの上に降り懸かって来たこの苦しみは何故、と申されるのか？　そなたは国民《くにたみ》の苦しみよりも、自身の苦しみの方が気に懸かるらしい。地上から秩序が失われようとしている時に。そなたは何のためにここに存在しておられる、否、存在しておられたのかな？


「そうよ！」霧の中からアミの声が返ってきた。「あのまま剣を持って、あの国を出て行く筈だったのに。こんなに手間取ることになるなんて…でも、今度はしくじらないわ」

霧が揺れて波立ち、巨大なシーツが強い風に煽られるように、リコーの周囲で渦を巻いた。

「その剣が必要なのよ、女王様の下へ戻るために。渡しなさい、この手に！」

アミが叫び終えた次の瞬間、リコーは背後で剣の鋼と鞘の革が擦れ合う、乾いた微かな音を聞いた。身を捩ろうとしたが、霧の渦は上半身を押さえつけるように取り巻いていた。頭上で剣が振り下ろされるのがわかった。

リコーはマントの留め具を引きちぎるようにして外し、マントの下に身を隠すように伏せ、地面を転がって渦の外に出た。相手の剣が渦に当たって思わぬ方向に流れるのを、目の端で捉えた。それが再び振り下ろされるより先に、起き上がりざまに剣を抜くと、目にも止まらぬ速さで振り上げた。次の瞬間には、相手は剣を取り落とし、首筋に銀の切っ先を突きつけられていた。

霧は鎮まり、潮が引くように二人の周囲から離れていった。

長身の若者は、呆然と目の前の剣を見つめていた。が、霧が晴れるにしたがってその曇った瞳も、次第にはっきりとした藍色に変わり、焦点も合ってきた。

「わ、私は一体…」

彼がそう言いかけるのとほぼ同時に、何処からか女の声が聞こえた。「クート！」

若者の背後に、流れ去る霧の向こうから小さな家が現れた。その陰から黒髪の女が走り出てきた。アミではなかった。もっと若い女だった。リコーは素早く剣を鞘に戻した。

「クート、貴方一体…？」彼女は不安気に若者を見上げ、それからリコーに顔を向けた。

クートと呼ばれた若者は、今では明らかにうろたえていた。

「一体何でこんなことをしたのか、わからないんだ。その…突然誰かが心の中に入ってきて、銀の剣を奪えと命じられた気がして…」それから彼はリコーの前に膝を突いて、続けた。

「た、大変な無礼を働いてしまいました。お許しください。ですが私自身にも、何が何やらわからないのです、本当に」

「わかっている」リコーはそう言って、頷いてみせた。「アミの仕業だ。魔の国の女には、人の心さえ操れる者がいる、限られた時間と空間の中でならば。だが、今のような業は許されるものではない」

そうして周囲を見回してみたものの、アミの姿は見えなかった。案内役の猫も、アノンと名乗った女も何処かへ消えていた。

「アミは、霧と一緒に行ってしまった、と思います」若い女が、少したどたどしい共通語で言った。「母も共に、魔の国を追って」

「母？」

リコーは彼女の顔を見つめた。確かにアミにもアノンにもよく似たところがあった。けれどその瞳は、薄暗がりの中であっても、緑よりは青と言える色をしているのがわかった。

「アノンです、貴方様をここまでご案内した。私は彼女の娘で、リエナヴィエンと申します。リーンと呼ばれています」彼女はそう答え、戸惑ったように瞳を逸らした。

リコーの鋭い視線と初めて出くわす者は、大概同じような反応を示す。聖者と、強者の戦士は別として…そうだ、モトスは違っていた。あの黒い瞳の若者は、最初から平然とこの瞳を見返していた。その時のことを思い出し、リコーは唇の端で微笑んだ。

それからリコーはもう一度辺りを見回してみた。が、モトスを置いて来た集落の入口が、どちらの方角にあるのかすら見当がつかなかった。背後には家もなく、樹々が枝々を広げて繋ぎ合い、霧に代わって降り注ぎ始めた星の光も届かぬ、深い闇を成していた。この奥が魔の国なのか。いや、この娘は何と言った？　魔の国は移動してしまったのか？

「ここは集落の最も、ええと…奥まった場所です。その先は、魔の国でした」リーンと名乗った娘は、リコーの考えを察したようにそう言い、彼の右手の方を指し示した。「出口はあちらです。ご案内しながら、事情を説明しますわ」

この大陸の中央部は〈森の国〉とも呼ばれていた。小さな森から一度踏み込めば二度とは戻れぬ深く迷路のような山森まで、地は無数の森で遍く覆われ、霧と野獣《のけもの》と〈魔の気〉に守られ、どれ程広大な土地が自然のままで残されているのか、誰も知らなかった。森と森の間に小さく開けた土地に暮らす、魔女ではない人々もいた。けれど、彼等〈素朴で迷信深い奥地の人々〉は、森の深くには、神と魔女の領分には決して踏み込まなかった。

その〈森の国〉の中を、魔の国が定期的に移動しているとは、大抵の人間の知るところだった。とは言え、何時どのようにして、何処から何処へ移るのか、といった具体的な点になると、〈こちら側〉には知られていなかった。魔の国を出入りした戦士や、森の近くに住まう者達の口からその位置が知れ渡ってしまっては、もちろん人目を避けている意味はなくなってしまう。

リーンの説明によると、森によって霧を集め易い季節があり、また、霧が移動する時期というのもあるという。それは星の配列によって知られる。星の動きを読むのは、魔女が神の御言葉《カノン》を聴く方法の一つだ。神は星の歌声《カノン》によって、移動すべき場所と時期を魔の女王に伝える。

〈その日〉の夕刻、あるいは明け方、女王は国中の魔女と、国の入口を守る魔女の娘達の全てに、一斉に〈気〉を放ち、霧を集めるよう命ずる。その霧に自分の〈気〉を任せていれば、気付いた時には別の森に運ばれている。それが丁度この日の暮れ方、突然この集落に降りてきた霧の向こうで起こっていたことだった。けれど〈気〉の弱い〈娘達〉の中には、一寸ぼんやりしている間に取り残されて、先立った魔女達が送ってくれる〈気〉を頼りに、馬等で追いかけてゆく羽目になる者もいる。

「私も一度、置いていかれちゃったことがあるんです」リーンは肩を竦めた。「私〈気〉が弱いんです。殆どないと言ってもいいくらい。母に助けてもらわなくては霧の一滴《ひとしずく》だって動かせない…でも今回は、それが理由で残ったのではありません」そう言って恥ずかし気に、隣の若者を見上げた。

見上げられたクートは彼女の肩をそっと抱いて、言った。「私の国には女王だって、馬で行くしかないよ」

リコーはその時やっと、クートの腰に巻かれた〈魔女の剣帯〉に気付いた。彼はごく最近、魔の女王から剣帯を授かり、それに付帯する伴侶としてリーンを選んだばかりだったのだ。けれど二人は、契約を交わしたと言うよりは、全くの自由意思で恋に落ち、愛のみで結ばれた恋人達のように見えた。彼等はこれから、多くの物を得てゆくのだ。

リコーは自分が実年齢よりも遥かに年を取ってしまったように感じた。自分にはこの先、得る物はない。失ってしまった物は取り戻せない。一度隣国との戦いに敗れるということは、領土の東五分の一や、最南の貿易港一つやらを失うというだけの問題ではない。ジオレント国が〈不敗の守護戦士〉を失うということだ。豊かなる〈神の御恵《カノン》と香料《スパイス》の国〉ジオレントは、より頻繁に周辺国からの脅威を受けるようになるだろう。そうして〈銀の守護戦士〉も又、国軍総司令官の地位や国民の信頼ばかりか、神と聖者の愛も失ってしまったのだ。娘達ももういない。アミもいない。自分の愛はもう、何処にもないのだ。

けれどあれは、愛だったのだろうか。我々は魔女の〈力〉を必要とし、魔女はこちらの〈男〉を必要とする。互いの間の契約は神の御心であり、それを果たすのが神の愛に応えるということだ。銀の戦士にとって、あるいは銀の剣を求める者にとって、愛にそれ以上の意味は必要だろうか。確かにアミには、女王の近侍の内でも最も惹かれるものを感じた。それは果たして、愛だったのだろうか…？

モトスは霧の中にいた。

聖者の御座します大聖堂は、普段でも迷う程広かった。主祭壇がある東の礼拝室は、中でも最も広く、入り組んでいた。

おまけに今日は〈潔めの日〉だったなんて、うっかりしてた。少年モトスは独りごちた。

香木を焚いて御堂の空気を清めるんだっていうけど、屋内でこんなに煙を立てなくたってよさそうなもんだ。出口はどっちなんだよ、一体。

煙の流れについて行けばいいかと思った。けれどその煙は、巨大な聖人の姿をした柱や、聖文を刻み付けた壁やらの周囲で渦を巻いたり分かれたりして、余計に迷うばかりだった。迷った時はまず腰を落ち着け、そうして心を落ち着けるんだ。祖父ウリヤノの教えを思い出し、側の柱に寄り掛かって、ゆっくりと呼吸した。

途端に煙ばかりが喉に入ってきて、むせ返った。

こりゃまずいよ、ジイちゃん…悪態をつこうとしたその時、乳香《フランキンセンス》の透き通った香りばかりかと思っていた中に微かに、薔薇に似た甘い紫檀《ローズウッド》の香りが混じっているのに気付いた。祭壇上に焚きしめるのは乳香と決まっている。なら紫檀は別の、出入り口に近い場所なんかを清めているのかもしれない。モトスは鼻に神経を集中し、紫檀が薫って来る方向を定めようとした。

その方角に腕を伸ばすと、壁に突き当たった。礼拝室の壁はどれも短く、壁というより衝立か、平べったい柱とでも言いたい物が、それぞれ離れて立っていた。どれも右か左に十歩余りも進むと、端に届く。

壁の反対側に回り込もうとして、モトスはハッと立ち止まった。前方の靄の中に、微かに人の影のようなものが見えた。そうしてそちらから、鈴を振るような高く澄んだ女の子の声が聞こえてきた。

「ねえ、聖堂ではお父様を『リコー』って呼んでいいのよね」

「そう呼ばなくてはならないのだよ、〈神の娘〉に選ばれれば」男の声がそう答えた。

その声には聞き覚えがあった。祖父が従者を務める誉れ高き銀の戦士、フラン・リコー・ゾイアックその人に違いなかった。

「洗礼名って変ね。名前の一部なのに家族でさえ、単独で使ってはいけないなんて。それでいて聖堂に務める者は、他の人を洗礼名で呼ばなきゃいけないなんて…でも、嬉しい。アタシ、『リコー』って名の響き、ずっと好きだったのよ。お母様でさえ使えない名を、アタシは堂々と口に出来るんだわ」

この美しい声の持ち主はそうすると、ゾイアック様の娘なのだ。モトスは顔を見てみたくてたまらなくなった。そっと近付いていこうとした途端、相手の影も動いた。

「さあ、もう行こう。ぐずぐずしてると煙がもっと濃くなって、息も出来なくなる」

「あら、やだ、もうどっちへ行っていいのかわからない」

「こっちだ。遅れずついておいで」そう言うと大きい方の影は、モトスとは反対の方へ動いた。

「本当にお父様って凄いわ。どうしてわかるの？」小さな影もそう言いながら、後を追った。

モトスも気付かれないよう用心しながら、ついて行った。何故気付かれてはいけないのか、けれど自分でもわからなかった。

ほどなく礼拝室の南扉が右半分だけ開かれていて、その辺りの煙が流れ出てゆくのが見えた。閉じた左半分の扉の陰に身を寄せ、モトスはそっと首だけ突き出して見た。

黒っぽい濃茶《ヴァン・ダイク・ブラウン》の巻き毛を房布《ボー》やリボンで纏めもせず、そのまま背中に垂らした少女の横顔があった。十二、三歳だろうか、自分より四つか五つ位年下みたいだ。モトスは考えた。瞳は緑かと思ったけど、違うみたいだ。濃茶、いや、栗色《チェスナット》だろうか。確かゾイアック様の瞳は、栗色だった筈。その父親は、もう少しだけ身を乗り出せば見える所にいるようだけど…。

けれどモトスは身を出しも引きも出来ないまま、少女に見とれていた。端正な顔の輪郭、丁子色《フォーン》の釉薬でも掛けた陶器のような艶やかな頬、それでいて決して人形のようではない、生き生きとして、最も好奇心旺盛な年頃の少女らしい表情《かお》…この娘が〈神の娘〉に、聖堂の巫女になるんだって？　嘘だろ？　ジイちゃんはそんなことも、こんな可愛い娘がいるとすら教えてくれなかったぞ、チクショウ！

「でも、本当に選ばれたら、お母様はどう思うかしら」

少女は一寸不安そうに首を傾げ、両手の指の先を胸の前で軽く突き合わせた。

父の声が答えた。「お母様が反対しているのが気になるなら…」

「ううん、そうじゃないの」少女は激しく頭を振った。「アタシ、ちゃんとわかってる。〈気〉もない、目の色も違う人間が魔の国に行ったって仕方ないって。この国も〈魔女の娘〉に優しいとは思えない。でも〈神の娘〉になれば、誰もがアタシの存在を認めてくれる。アタシはこの国で、お父様の国で認められたいの。お母様のやきもちなんて気にしないわ。気になるのは…」そこで少女は口ごもり、視線を落とした。

「聖者は、お前には十分資格があると、おっしゃっていたよ」

父の逞しく陽に焼けた手が、優しく少女の髪を撫でた。

少女は再び顔を上げた。

「じゃ、今日からもう『リコー』って呼んでいいでしょ、ね」明るくそう言うと、父親の方へ腕を伸ばしながら、モトスの視界から消えていった。

春の朝の輝かしい光と鳥達の囀りの中で、魔女の娘達の木造りの小さな家々は、もう長い日月打ち捨てられていたかのように寒々として音もなく、昨夕まで日々の営みが送られていたようには見えなかった。

「放っておけば、やがて森が飲み込んでくれます」青い瞳の〈魔女の娘〉リーンが言った。

「でも、あまり明るくならないうちに出発した方がいいと思います。捨てられた村を、その、見ていたくはありませんもの」

けれどリコーとモトスは、大聖堂のある南南東の方角に向かって跪き、朝の祈りを捧げていた。

クートは、日差しを受けた銀の戦士の顔がひどくやつれ、苦悩に歪んでいると感じた。昨夜は暗くて、気付かなかったな、そう口の中で呟いた。

その途端リコーが立上がり、彼の方を振り返った。まともに目が合ってしまい、クートは慌てて話し掛けた。

「き、昨日お休み前にも、長く祈っておられましたね。旅の間もずっと欠かさず、祈りを捧げられるのですか?」

「君は、祈らないのか?」リコーは逆に尋ね返した。

「えーと、たまには祈ります。ですが、その、私共北の人間の大半は、それほど熱心ではありません。神を信じていないのではありませんが、常に神を感じていたいとも思わないのです。神の御声《カノン》降り注ぐ大聖堂から、遠く離れ過ぎているせいもあるのでしょう。大聖堂の御膝元からいらした方には、不信心と見えるかもしれませんね。ですがゾイアック様は、昨夜おっしゃいませんでしたか、自分は神と聖者に見限られた人間だ、と？」

「そうだな…」そう言われてリコーは、考え込むような表情《かお》をした。「何故、今も祈っているのだろう…」

そこへモトスが声を掛けた。「すぐに出立なさいますか？」

リコーは頷き、モトスはリーンの側へ行き、何事か尋ねた。

「祈りは…」リコーは再びクートに話し掛けた。「私の人生と同化してしまっているのだ。この剣を手放せぬのと同様、神を求めることもまた、止められぬ…私の父は、ジオレントの国軍司令部の副官だった。私は生まれた時から、軍の戦士達の中で遊び、祈り、剣を覚えた。十にならぬ頃から早、いつか銀の剣を帯び、国の守護戦士となるよう期待されていた。神に選ばれし子供と言われ、それ以外の望みを持つなど許されなかった。持ちもしなかった。私の運命は神によって定められ、剣によって護られている筈だった…わかっているのだ、返上せねばならぬとは。しかし私は銀の戦士だ。それ以外の何者にもなれぬ」

リコーは自分の剣に視線を落とし、その柄に左手でいとおしむように触れた。

「神の栄光を帯びし者、銀の戦士…」クートもその剣を見つめた。「貴方は私の憧れであり、全ての戦士の目標です。あの戦いの話は、領地の一部であれジオレントが失うなどとは、信じられませんでした。貴方の口から直に伺った今ですら、信じられません。ですが、完全な敗戦ではなく、首都には傷一つ付かなかったと伺いました。なのに貴方が、追われなければならないとは、その上、その手からその剣を放さなければならないとは、尚のこと、信じられませんよ。昨夜の貴方の動き、あれは、あの剣捌きは、噂に優るものでした、本当に。貴方の気配は感じられても、全く反応出来ませんでした。思いもかけぬ速さで、ああも完璧な角度で剣を繰り出されては…」

その言葉にリコーは顔を上げ、目の前の若者の顔をあらためて見つめた。

「ほう、私の剣が見えたのか。それもあの霧の中で。それは大したものだ。女王から剣帯を授かるだけのことはある」

「お褒めに与かり、恐縮です」クートは顔を赤らめた。それから話題を変えた。「ところでゾイアック様は、これからどちらへ向かわれますか？　私とリーンは、私の国へ、真っ直ぐ北へ向かいますが…」

彼が北方のゴーツ王国領シア公国という国の剣士であるとは、すでに昨夜の内にリコーも聞いていた。そうしてリコーの旅が目的のない放浪の旅であるというのも、彼は知っていた。

けれどリコーは、こう答えた。「私は、魔の国を捜してゆこうと思う」

そこへモトスとリーンも、馬達の引綱を引いて戻ってきた。

「これまで、何の当てもなく旅をしてきたが」リコーは特にモトスに言い聞かせるように、続けた。「昨夜の出来事で、目的が出来たようだ。アミは、昨夜は魔の国の移動の瞬間《とき》が迫っていたために、結局銀の剣を諦めて行ってしまったようだ。だが、きっと又、奪いにくるに違いない。この剣は、あれの手には渡してはならない。私が持っているべきでもない。これは、魔の女王に返されるべき剣だ。アミが再び策略を巡らせる前に、魔の国へ赴き、手ずから女王にお渡ししよう」

「ですがリコー様」モトスが尋ねた。「魔の国へと言われましても、一体どちらの方向へ…？」

「北です」

リーンの声に、他の三人は驚いた顔を彼女に向けた。

「本当は、〈こちら側〉の方にお教えしちゃいけないのは、わかってます」彼女は、ためらいがちに言った。「でも私、昨夜の母とアミのやり方、許せないんです。それに、母はいつも〈気〉のない私には、何も言ってくれません。なのに昨日は、別れの挨拶の後、こう言い残していったんです。『銀の剣を失えば、ゾイアック様は後を追おうとなされるでしょう。女もし貴女が、そうすべきと判断するなら、あの方には、お教えしても構わないでしょう。王様には、そうお伝えしておきますよ』と。それから、魔の国の移動する先を教えてくれました。それは…」

リコーは彼女を遮って、素っ気なく言った。「私はまだ銀の剣を失ってはいないし、貴女に掟破りはさせられない」

「女王様が御承知なら」リーンは今度は、はっきりとした口調で言い返した。「掟破りにはなりません。それにゾイアック様は、なるたけ早く女王様の御前に行かれたいのでしょう？私もそうすべきと思います。剣を返す返さないはともかく、女王様に…ええっと、仕える人達が、あんな卑怯な待ち伏せなんかしたことは、お伝えすべきです」

「でも」クートが口を出した。「私の耳に入るのは、まずいんじゃないのか？」

「あら、貴方は…」リーンは少し顔を赤らめた。「貴方を信じてますわ。それに魔の国の場所は、知ってる人がいるのが問題なんじゃなくって、人の口から口へ、伝わってゆくのが問題なのよ」

「君は」クートは感心したように言った。「最初に思っていたより、賢い人のようだね。それに共通語だって、なかなか上手いもんじゃないか」それからリーンの肩を抱き寄せ、頬にくちづけた。

リーンの引いていた馬達が一緒に引っ張られ、一頭がむずかるように嘶いた。

モトスが澄ましきった顔で声を掛けた。「そちらの手綱も、暫くお預かりしておきましょうか？」

「可愛くない従者ですね」クートは軽く顔をしかめ、けれど次の瞬間には笑いだした。

「アハハ…いつもそんな風に落ち着いてるのか、君は？　昨夜もあの霧の中で一歩も動かず、何事もなかったかのような顔でゾイアック様を待っていたな。いいなあ。私の従者は、喜怒哀楽の激しいうるさい奴でね。見た目も君と正反対で、熊みたいな男だったよ。うっとうしいとばかり思っていたが…いなくなってみると、寂しいものだね。この冬の間に肺炎を拗らせて、〈森の国〉のすぐ外の小さな街の宿で動けなくなっちまったんだ。もうシアの国にとうに報せも届いて、迎えの者も行ってる筈だが…元気になってるといいがな…」最後は、しんみりとした口調になっていた。

リーンが左手に握った、大型の栗毛馬の手綱をクートの目の前に差し出した。そうして引き立てるように、明るい声を出した。

「私がいるのに、寂しいの？　他に二人も道連れがいるのに？　さあ、出発しましょう、シアの国へ」

「道連れ？」リコーとクートが、同時に尋ねた。

「そうよ」リーンは二人を交互に見ながら、答えた。「シア公国の南西の外れに、大きな森がある筈なの」

「隣のゾーン大公国とも接している、ナイトの森か」クートはまず自分の馬でなく、小型でおとなしそうな瞳をした黒毛馬の脇に立ち、その背にリーンの身体を押し上げながら、言った。「あれも〈森の国〉の領域なのか…うん、確かに魔女の国が引っ越して来そうな森だ。霧の季節には地元の猟師でさえ迷うことがあるらしい…さ、スカートを鞍の前橋に引っ掛けないようにして…」

クートはその馬の首筋を励ますように叩いた。それから栗毛馬の手綱を取り、鞍と、鞍に結び付けた荷物と弓の具合を手早く確かめると、マントを肩に跳ね上げて、勢い良く飛び乗った。

リコーとモトスも各々の馬に跨った。それを待って、クートは二人に声を掛けた。

「ここからナイトの森へ行くには、一度シア公国領に入らねばなりません。ですから首都ホーまでご案内しますよ。シア公爵のお許しを得ておいた方が、異邦の方には安全ですよ、たとえ銀の戦士と言えども。特にゾーン大公国とは、しょっちゅう小競り合いをやってますから。では、出発しましょう」それからリーンの方を向いて続けた。「森を抜けるまでは、君が道案内してくれよ」

集落から森に一歩踏み出すと、確かに道案内が必要だとわかった。昨日この場所まで続いていた筈の一本道は、消え失せていた。地は一面、下草に覆われ、霜と朝露に濡れて光り、進むべき目印を何処に求めてよいのかわからなかった。樹々の様相さえも変わっていた。昨日は白橿《シラカシ》や栂の間を歩いていたのが、今目の前に行く手を遮るように立っているのは、栂や唐檜《トウヒ》のような真っ直ぐに天を指す、暗褐色の太い木々だった。

「これは一体、どういうわけなのでしょう?」モトスがリコーに尋ねかけた。

「魔女の住む森は、日々顔を変える」リコーは答えた。「だが答を知りたいなら、リーンに尋ねた方がいいだろう」

するとリーンが先頭の馬上から、クートの上腕越しに頭を突き出すようにして、振り返った。

「動くのは森ではありません、集落の方なんです。集落や魔の国が濃い霧に包まれると、空間が歪んでしまうようなんです。私には詳しくは言えません。魔女の〈気〉のエネルギーが、霧の成分の何かと反応して、歪みや…何て言ったかしら…捩れや、幻や、魔女を移動させる〈動くポケット空間〉のようなものが出来るのだと聞いています。その成分を私達は〈霧の気〉と呼んでいます。昨日は特にたくさんの霧が集まりました。だから、集落そのものも少し、別の所に移動してしまったようですね。でも大丈夫、道は森が教えてくれます。特別なことじゃありません。霧だけでなく、魔女はいろんな自然と、えっとお…組んで、不思議を作り出したりしますけど、決して魔女の力だけでやれるのではないんです。魔女だって人間ですもの。そう、唯強い〈気〉を持つだけの、人間です」彼女の言葉の最後は、独り言のように小さくなって消えていった。

「霧の〈気〉と、人の〈気〉が反応して…」モトスはふっと遠くを見るような目をした。そうして小さく呟いた。「あれも、幻だったのかな…」

それはクートとリーンには聞こえなかったが、リコーの耳には届いた。けれどリコーは、一寸眉を上げただけで、素知らぬふうに手綱を緩め、馬の腹を軽く蹴った。

鳥の声がかまびすしかった。背後の木々の間から差し込んでくる陽が、間近の枝の若芽や草花の露を銀色に光らせ、彼方に掛かる靄を虹色の幕と見せていた。幕の向こうを何かの黒っぽい影が過ぎった。穴熊だったろうか。それを追うようにもう一つ、小さな影が動いて消えた。森に溢れる春の徴《しる》しの全てが、自然の内にも溢れる〈気〉が、リコーの五感に痛かった。

第二章　北の娘

聖者は戦士の父　女王は戦士の母
その絆は　契約なり
契約は　秩序なり
秩序は　力なり
力は　平和と愛の源
汝　愛の心持ちて剣を帯びよ

――戦士の正典《カノン》・前文より

神の正典《カノン》降り注ぐ南の大国ジオレントは〈光の国〉と称される。対して北の大国ゴーツは〈氷の国〉とも呼ばれる。

太陽から遠く、大聖堂からも遠く遠く離れたこの国にも、けれど神の御心《カノン》は注がれ、導士達は正典《カノン》を説き、戦士達は技を磨き、聖者との、そうして女王との絆も変わらず保たれてきた。

ゴーツ王国の南東端に位置するシア公国領でも、その絆はゴーツ国王との絆と同じ程大切にされてきた。と同時に、同じ程軽んじられてきたとも言える。

百余年前までシアは、バーリという名の小さいけれど、独立した国だった。バーリは美《うま》し森と湖の国と呼ばれ、その豊かな自然と肥えた土から生み出される農産物や焼き物類は、ゴーツを始めとする周辺の国々から喜ばれ、尊ばれた。分けても〈奇跡の器〉或いは〈全き白〉と呼ばれる白磁器は、遥かジオレントの王宮でも幾代もの昔から、銀器にも優る宝物として珍重されてきた程だった。この国を是が非でも配下に収めたいと、ゴーツ王が願ったとしても不思議はない。そうしてバーリには屈強な戦士が揃ってはいたが、所詮本気を出した大国ゴーツの敵ではなかった。

首都ホーには、小さいながらも美しい宮殿があった。緑豊かな山懐に抱かれ南向きに開けた小高い地に、居住まいを正して花びらの上に座す妖精とも見紛う姿を見せていた。けれどその妖精は、戦争の間に城塞風の建物や壁に取り囲まれてしまっていた。新しい主としてやって来たゴーツ王の従兄弟、フェンネル・一世・シア公爵は、その不釣り合いな二種の建造物の間にゴーツ風のゴツゴツした六角形の塔を持つ翼棟を建て、階段室と回廊で繋いだ。

その後更に階段室は、古い宮殿と接する部分を補強する目的と、外階段を付ける目的とを兼ねて、一部を新様式で建て直された。おかげで宮廷全体が統一感とか秩序といった言葉から遠いものになってしまっていた。

実際、公爵は宮廷の秩序というものにあまり関心はないらしい。リコーはそう思いつつ、呆れた気持ちで辺りを見回した。

今彼は階段室の、幾つもある踊り場の一つに立っていた。公爵が御召しだということでここまで案内されて来た筈なのに、案内の兵士は、別の守衛兵から公爵はまだ御支度中ですので…と聞かされると、ゾイアック様にはここにてお待ちください、とだけ言い残して姿を消してしまった。様式ははっきりしないものの、掛け心地の良さそうな椅子はある。背後の大きなガラス窓からは光がふんだんに入ってくる。だがこんな不作法は、ジオレントでは考えられない。

建物も然りだ。左手には下りの階段。その向こうは北方の国々でよく見られる、太い木の柱や梁に囲まれた白塗りの壁。それに厚みのありそうな大きな木の扉。扉の前を過ぎると又、小さな踊り場の先で階段が二手に分かれている。

正面には十段程の上りの階段。昇りきった所にいきなり煉瓦色の、ゴツゴツした石造りの太い太い柱がある。その柱の左右に通廊があり、各々別の棟へと続いているようだった。そうして右手には数段の上りの階段。その先には真っ直ぐ、艶光りがするまで磨き上げられた木床の廊下が続く。左右の壁はクリーム色に塗られ、丁寧に仕上げを掛けられている。こちらがおそらく〈妖精宮〉と呼ばれる旧い棟なのだろう。

その妖精宮の方から妖精の囁きならぬ、女性の話し声が漏れ聞こえてきた。どうやら部屋の扉が一つ、開けっ放しになっているようだった。

リコーは声の方へ近付いて行った。話の内容等に別段興味はなかった。けれど扉が開いているることと、聞こえる程間近に他人がいることは知らせてやった方が良いだろう。いや、そうではなく、この声にはどこか聞き覚えが…

「ねえ、髪にこんなに時間をかける必要なんてあるの？　バカみたいだわ」

キャナリーは化粧台の前で膨れっ面をしてみせた。

「ああ、動かないでください」背後で髪結いの若い娘が、か細い声を出した。

その横に座ってピンを数えていた中年の女性が顔を上げ、きっぱりとした声で言った。

「今年はわがままは許さぬと、御父上もおっしゃっておいでででしたでしょう。いつもの夏至祭じゃないのですから。御父上が公爵位を継がれて二十周年の、お祝いの祭でもあるのですよ。それに今宵は、見事〈魔女の剣帯〉を持ち帰られたクート・ハランドの、それに共に見えられた、かの名高き〈銀の戦士〉を歓迎する式典もあるのですからね。それにしてもお越しになったその日の内に、クート共々国境へ向かってくださり、ゾーン大公国の戦士達を薙払い、小競り合いをいともあっさりと収めてしまわれたそうで、本当に素晴らしいことですわ。ですから…」

クートの名を耳にして、キャナリーの心臓は一時鼓動を早めた。けれど顔色は変えることなく、言葉を返した。

「その銀の戦士と、クートの姿を、私はまだ目にしていないのよ。こんな掠り傷を」と、キャナリーは右の上腕に手を当てた。「大袈裟に騒ぎ立てる人がいたものだから、彼等がやって来る前に、宮廷に連れ戻されちゃって…」

「マリエ様！」中年の女、キャナリーの養育係を十五年勤めてきた侍従長の妻レンは、眉をつり上げ、キャナリーをこう呼んだ。「御父上がどれ程心配なされたとお思いです？　ほんの小競り合いと思ってらしたのが、長引いているようだから、御自ら出陣せねばならぬかと、お支度を整えていらしたところへ、貴女様のお怪我を知らせる先触れの兵士が戻って来たものですから、手になさっていた武具を放り出して、御自ら医者を呼びに行こうとなされた程なのですよ。大体、御父上のお供としてでなく戦闘に参加なさるのは、禁じられていたではありませんか。一体どうやって…」

シア公爵の側室の娘マリエ・カタリアナは、マリエと呼ばれるのが嫌いだった。と言って、カタリアナあるいはキャナリーという名を気に入っているわけでもなかった。〈魔の気〉も持たず緑の瞳も持たない娘が、魔女だった母の名で呼ばれて嬉しい筈もない。けれど母に優しいとは言えなかった父と、父の正妻だというだけで母親顔をしようとする女とが相談して、御先祖の名の中から一番ありふれたのを選んだという、そんなものを自分の名前だなんて思えるだろうか。

宮廷の中では誰もがマリエと呼ぶ。父と兄と、戦士達以外は。けれど父も公の場ではマリエと呼ぶ。この黒髪にゴーツ風の軽い名が似合う筈もないと、誰しもわかっているだろうに。黒と言っても魔女のように真っ黒ではない。少し青味がかっている。南方の国では珍しい色でもないだろう。けれど金髪や赤毛ばかりのこの国では、十分異質だ。真っ黒い猫よりも目立つ。〈マリエ〉なら掃いて捨てる程いるこの国の中で、黒髪のマリエは一人っきりなのだ。

キャナリーは膨れっ面を一層膨らませて、鏡の中の黒髪の娘を見た。七色のリボンと一緒に生え際から固く編み込まれた幾つもの髪束が、髪結い娘〈金髪のマリエ〉の手で、手品のように鮮やかに頭の後ろや耳の脇でまとめ上げられてゆく。金のリボン、銀のリボン、薄紅のリボン、若草色のリボン…どれもが黒によく映える。金髪ではこうはゆかない。きっと宮廷前広場に集まった誰もが褒め称えるだろう。麗しい公女様。なんて美しい御髪でしょう…それがまたキャナリーを憂鬱にさせるのだとは誰も知らない。

私はゴーツ娘じゃない。私は魔女でもない。じゃあ、私はだあれ？

レンがまだぶつぶつと続けていた小言は、キャナリーの耳には届いてもいなかった。けれど髪結いのマリエの泣き出しそうな声には、さすがに物思いを破られた。

「あら、いやだ、仕上げの髪飾りが一つ足りませんわ！　申し訳ありません、すぐ捜して参りますう」そう叫ぶとマリエは、隣り合った衣装部屋の方へバタバタと走って行ってしまった。

「まあまあ、なんて娘《こ》でしょう」レンは眉をつり上げて、立ち上がった。そうして化粧台の上の品々を見回した。「いえ、私もうっかりしておりました。どの髪飾りが足りなかったので…まあ、髪用の香り水も違うじゃありませんか。今日は特別な日なのですからバイオレットの香りを、と言っておきましたのに…」

「私がメリッサ水でいいって言ったのよ」キャナリーは、今度は相手の長舌を押し止めた。

「こちらの香りの方が好きだし、気分がスキッとするわ」

「好き嫌いの問題ではございません」レンも言い返した。「バイオレット水を取って参ります。ドレスの準備も出来ているか見て参りますけれど、万端整っておりましたら、すぐにお着付けに掛かりますから、ここを動かないでくださいましよ」

そう言って、小煩い養育係までが衣装部屋へ引っ込んでしまうと、キャナリーはホッと息をついて立ち上がった。と、ガウンの裾が、床に落ちていた何かを引きずった。拾い上げてみると、白いキスタスの花を象った髪飾りだった。

「あら、やだ、マリエったら…」

キャナリーは小さく笑った。そうして髪飾りを手にしたまま部屋の中をぶらぶら歩いて、大きな姿見の前で立ち止まった。いつもは隅で埃を被っているその鏡が、今日はドレスの着付けのために部屋の真ん中に移され、きれいに磨かれて、廊下側の出入り口に向かって据えられていた。

鏡に向き合って、覗き込んだ、その途端、キャナリーは身体が痺れたように動けなくなってしまった。

鏡の中で、廊下側の扉が開いていた。その向こうに、見知らぬ男が立っていた。見知らぬ異国の戦士の身形。異国の風貌。浅黒い顔に、黒っぽい濃茶《ヴァン・ダイク・ブラウン》の髪。瞳はもう少し明るい茶色だろうか…その瞳が鋭く、鏡の中のキャナリーを見つめていた。

キャナリーも見つめ返した。と言うより、目を逸らすことが出来なかった。これは幻かもしれない、瞬き一つで消えてしまう…いいえ、消えないで！

「ない筈はありませんよ」レンの声と足音が、衣装部屋から戻って来た。「きっとこちらの部屋のどこかに…」

キャナリーはドキリとして、手の中の髪飾りを取り落とした。

「おやまあ、その髪飾り、やはりこちらにあったのですね」

レンが真っ直ぐ近寄ってくるのを見て、キャナリーは慌てて髪飾りを拾った。そうして顔を上げて見ると、すでに鏡の中の戦士は消えていた。廊下の窓ガラス越しに空があるだけだった。

この北の国で、ジオレントの空を見ようとは…リコーは思った。乾期の南国の抜けるような青空《セルリアン・ブルー》が、フェンネル・二世・シア公爵の瞳の中にあった。そうして輝く太陽を抱いているかのように強い光を放っていた。先程見た、黒髪の娘と同じ瞳だ。人を捉えて離さない。けれどあの娘には瞳だけでなく、もっと何か心魅くものがあった。何だったろう。あの鏡越しの一瞬では、確かめようもなかったが…。

少なくとも公爵の隣に影のようにひっそりと控えている正妻の娘ではなさそうだ。その金髪は色も艶も淡く、麻の色に近かった。顔も青白く、瞳も薄い灰青色だった。表情は決して暗くはない。奥ゆかしいだけなのだろうけれど、南国人のリコーの目には病人のようにさえ映った。唯、きゅっと結ばれた口許には、秘められた意思の強さが感じられた。

公爵はリコーに話しかけている間、その妻の方には一瞥もくれなかった。光は自らが輝いている間は、影の存在など忘れているものだとでも言うように。リコーを真っ直ぐ見据えて、力強い大声で喋った。半ば以上白銀色《プラチナ》に変わってはいるものの、豊かに蓄えられて輝くブロンドの髪と髭が、その威圧的な態度をほぼ完璧なものにしていた。惜しむらくは、毛皮で縁取られ金糸の刺繍も艶やかな、瑠璃色の祭礼用マントの下にオレンジ色の上衣《チュニック》を着け、真っ赤な飾り帯をあしらっている点だ。芸人ではあるまいに。おまけに飾り帯の上から、これみよがしに魔女の剣帯を巻き付けたりしている。

とは言え、剣帯をひけらかすのは殊にシアのような小さな国では、安全保障という意味で有効な手ではある。実際の力以上に〈魔女の気〉の心理的力は大きい。その力の持ち主が、これでこの国には二人いることとなった。この豊かさを守りきるには充分と言えよう。リコーはそう思い、実際口に出しもした。

「そう思われますかな?」公爵は意味あり気に言った。「もちろん充分でしょうな、これまでの大事なき世がこのまま続くなら。まあバーリ人にとっては、ゴーツ王配下に入るという大事が一つありましたかな」

「続かないと、思われるのですか？」

「今回の国境での小競り合いは、これまでにない苦戦でしてな」公爵は思わせぶりにリコーを見た。「ゾーン大公は明らかに、本気で攻めて来おった。南のソラの国も何処を攻めるつもりか、優秀な戦士を集めていると聞くし、何処も彼処も妙にその気になって爪を研いでおるのです。この世界の秩序《バランス》が崩れる程の大きな戦いさえ、起こるやもしれませんな。何故か、おわかりか？　ジオレントが敗れたからです」

リコーは息を飲んだ。そうして胸の内で自分の迂闊さを呪った。そうだ、銀の剣があってさえ敗れることはある。神の御恵《カノン》降り注ぐジオレントですら、領地の幾たりかを失うことはあるのだ。銀の戦士の国は無敵ではない。ならば他の国を畏れる理由があるだろうか…遠く北の国々でも、誰しもがそう考えて不思議はない。今、公爵の言葉でようやく、自分の失態を世界の秩序に繋がるものとして考えられたとは、情けない話だ。娘の命や自身の地位や誇り…失った物のあまりの大きさに、我が身のことしか考えられなくなっていたとは…やはり今の自分は、銀の剣に値しない人間なのか。

公爵はリコーを見据えたまま、続けた。

「シアは水にも緑にも恵まれた豊かな国、だが、小さな国。ゴーツ王の領土の最も外れにあり、中央の目は届き難い。こういう国を何処かの国が力ずくでも欲しいと思い、本気で攻めて来れば、剣帯の力がどれ程効くものでしょうな。百余年前のゴーツ軍程簡単には落とせんでしょう。が、相手がこれを…」と、公爵は自分の腰の剣帯を叩いた。「見ても、これまで程怯んでくれぬなら、この…」と今度は、自分の右腕を叩いた。「実力だけが頼りでしょう。わしは気弱になっておったのではありませんぞ。だがここに、この狙われ易き国に銀の戦士が到来したということは、やはり神の配剤と受け止めたいですな。剣帯を持てる力の主が二人、それに銀の剣が加われば、何も畏れるには足りんでしょう。もちろん強いることは出来ぬ。が、もしシアにこのまま留まり、シアの戦士として働いてもらえるものなら…」

「ですが…」リコーは驚いて公爵を見返した。「今し方おっしゃりませんでしたか、周囲の国々が本気で攻めて来るなら、遠因は私にあると? それにそのこと故、私はすでに銀の戦士ではありません」

「銀の戦士ではない、と?」公爵はリコーの顔から、腰の剣に視線を移した。「ジオレントは領地と権威を削られはしたが、首都と聖堂は護られた、銀の剣の力によって。そうも聞いておりますぞ。何故剣の魔力が、あの戦いに限って国全体に及ばなかったかは存ぜぬ。が、銀の戦士でなければ、銀の剣は操れぬ筈。その剣を使える者は、即ち銀の戦士。〈気〉とはそういうもの。女王の剣や剣帯は、本人の実力を示すもの。それらが本人ばかりか周辺をも護ってくれるのは、おまけに過ぎない。わしはそう考えておりますがな。然るにそなたは、銀の剣で我が国を助けてくださった、噂に違わぬ力でもって。それで充分でしょう。それともそなたの活躍ぶりを間近で目撃した息子、セノクの報告が間違っているとでも申されますかな？」

そう言うと公爵は、窓際に一人離れて立っている若者の方へ視線を移した。

その若者はスリムな長身に、けれど父譲りの風格を漂わせて、明るい金髪を、ガラス越しの光の中でいっそう輝かせていた。瞳は父のそれより薄い青で、太陽と言うより、月光のように冷たく光っていた。その冷たい威厳が、戦士達を指揮して戦う時などに、若さを補ってくれているのだろう。

リコーはシアに到着した五日前、成り行きからクートと共にそのまま国境へ向かい、臨時にセノクの配下に入り戦うこととなった。その時、彼に足りないものは年齢と経験だけだと感じた。クートと同い年か、あるいは少し年下だろうか。けれど剣の腕は、クートと比べてさほど劣っているとも見えなかった。人を引きつけ、従わせる力もある。おそらく公爵は、小競り合い程度の戦いはすでに、この息子に任せてしまっているのだろう。唯、クートが長い旅から魔の剣帯を携えて戻って来た今、彼の立場は微妙なものとなっているかもしれない。少なくとも彼は、本心からクートを歓迎しているようには見えなかった。

「お疑いなら父上…」言いながらセノクは、リコーに近寄ってきた。そうして目の前に立つと、ニヤリと笑い、「その目でお確かめになられてはどうです?」

そう言うが早いか剣を抜き、リコーに向かって振り放った。礼装用に剣の鍔に付けられた赤と緑の房飾りが、宙に鮮やかな弧を描いた。

次の瞬間には、すでにリコーの姿はその剣の先にはなかった。そればかりかセノクは、肩先で切り揃えた髪を、斜め後ろから剣先で掬い上げられるのを感じた。予期してはいたものの、そのあまりの速さと正確さに、動きばかりか一瞬息まで止まったような気がした。

公爵夫人が、小さく悲鳴を上げた。

公爵の方は一瞬の沈黙の後、大声で愉快そうに笑った。そうして手を打って、言った。

「よおし、二人とも剣を収めろ。それで充分だ」

リコーは剣を鞘に戻すと、公爵の前に跪いた。

「御面前での無礼な振る舞い、何卒…」

「無礼はセノクの方です」公爵はリコーの詫びを遮った。「どうか許していただきたい。二番目の息子だからと甘やかして育てたせいか、礼儀をわきまえん所がありましてな」

「二番目?」思わずリコーは訊き返した。

「そうです。上の息子はアルクといいましてな。恥ずかしいことに剣を嫌って…まあ嫌う理由も充分あったのですが…導士になぞなりたがりまして、聖者に直々に教えを請いたいと、国を出てしまったのです。クートが魔の国を求めて出立したのと、あれは、ほぼ同時期でしたから、順調に旅をしておれば、とうにジオレントに着いている筈…そなたはジオレントから来られたなら、途中で…」

「父上」すでに窓際に戻っていたセノクが、公爵を遮った。そうして窓の外を顎で示した。

「表の者共がしびれを切らしているようですよ。父上がお出ましにならなけりゃ、祭を始めようにも始められないんですから」

窓の向こうの外階段の付いた広いバルコニーでは、その窓を開け放つべく、正装の守衛兵が待機していた。

公爵夫人は背中の腰近くまで落としていたチュールレースのショールを、優雅な仕草で肩まで引上げた。それから黙したまま息子の側に歩み寄り、夫を振り返った。

公爵はけれど変わらぬ口調で、リコーに向かって続けた。

「祭はこの先十日も続くと言うのに、誰も彼もせっかちなことですな。太陽も沈みたがらぬこの夏の季《とき》に、わしを待つことを厭う者があろうとは。ですが銀の戦士殿、そなたを我が公国の民衆に紹介いたす前に、先程のわしの申し出に対する返事を聞いておきたいと思うわしも又、せっかちだと思われますかな？」

口調は冗談めかしていたものの、公爵の刺すような青い眼は決して笑っていなかった。公爵は自分を試している、とリコーは感じた。本当に銀の剣に相応しい者であるか、まだ内心で計っている。今は最高の敬意を以て迎えてくれてはいる。けれどリコーが自分の哀苦に逃げ込むだけの人間だと見て取れば、すぐにも手のひらを返すだろう。まだ、全てが終わった訳ではない――

――不運は始まり、神の試みの　悲しみは第一歩、困難な道程の　苦難を受け止めよ、水辺《オアシス》への一里塚と　吹き止まぬ砂嵐はない　全てを飛ばされ失おうと、神を見失わぬ者に幸いは待つ――　リコーは胸の内で正典《カノン》の一節を唱えた。神に見捨てられたのではなく、私が神を見失っていたのか？　それを確かめる鍵があるのか、この公国に？

リコーは公爵の眼を見返した。「逃げずに自分の敗戦の結果を引き受けよ、とおっしゃるのですね」

「夏至祭とそれに続く新年の祝祭が終われば…」公爵もその視線を受け止め、頷いた。

「祭の期間はゴーツ王国中、何処も同じだが、ゾーン大公は必ずや、再び国境に兵を送って寄越すでしょう。先に攻めて来るのは、ゴーツ王国に属さぬソラの国の方かもしれませんな。いずれにしても戦いは遠くない。女王に剣を返すのは、それを片付けてからでも遅くはありますまい」

「この剣で、崩れかけた秩序《バランス》を元に戻せるかどうかはわかりません」リコーは自分の剣を見下ろし、軽く触れた。「ですが…ですが、剣にはまだ〈気〉が宿っています。不思議なことにジオレントを守っていた頃と些かも変わらぬ、強い〈気〉を感じます。これを、責任を果たしてから返すようにという女王の、あるいは神の思し召しと考えますなら、公爵のお申し出を受けることが、今の私に許される最善の選択と申せましょう」

「結構、結構」公爵は満足気に笑った。「今年の祭は、いっそう盛り上がりましょう。これまでもこれからも銀の戦士は、何処の宮廷、何処の館でも最高の敬意を以て迎えられましょう。ですがわしが祭の開始を一言告げる間、控えの間でお待ちいただくことを無礼とは思わんでしょうな?」

　それから公爵は、リコーの後方に向かって頷きかけた。そこには控えの間との間を隔てる分厚い帷が掛かっていた。その前には、いかにも人の良さそうな顔をした侍従長が、かしこまって立っていた。

　侍従長が帷を引き開けると、その向こうから華やかに着飾った黒髪の娘が現れた。

　リコーは思わず立ち上がって見つめた。先刻鏡の中に見た、青い瞳の娘だった。そうして間近に、正面からその顔を眼にした今、彼は自分の心を捉えたものが何だったのかを知った。

　小首を傾げるようにして彼を見上げるその表情。軽く両手の指の先を突き合わせる仕草。

頬から顎にかけての輪郭の、人形のような美しさ……

（フランシー！）リコーは危うく、娘の名を叫びそうになった。

例え叫び声を上げていても、掻き消されてはいただろう。丁度その時大きく開かれた窓の向こうから、嵐のような民衆の歓声が吹き寄せてきた。「フェンナー公、フェンナー公！」と、フェンネル・二世・シア公爵の愛称が、熱狂的に呼ばれていた。

その嵐に拐われるように、公爵一家は次々にバルコニーへと出て行った。娘も、たっぷりの布を花の様に重ねて広げた袖を翻し、後を追った。何事か問いた気な視線を残して。


控えの間に入って行った時、キャナリーの心はまだ妖精宮に残っていた。でなければ、それ程ドキリとはしなかったろう、懐かしい藍色の瞳に出くわしたからとて。

クートが椅子から立ち上がり、彼女の前で丁寧にお辞儀をした。

わかってた筈なのに…キャナリーは呼吸を整えながら、思った…ここに彼がいることは。そうして、その隣に立つ黒髪の女性の存在も。

だからどうだと言うの。もう気持ちの整理はついてるわ。クートが魔の国を求めて旅立つことになった時から、自分に言い聞かせてたのだもの。クートは戻って来ないかもしれない、先に旅に出た戦士達のように。公爵の異母弟アンセル叔父のように。二度と会えないかもしれない、と。戻って来るなら、魔女の剣帯か、あるいは銀の剣を携えて戻って来るとすれば、魔の国の女と共に…どちらにしてもクートは遠く去ってしまったも同じ。とは言え、どうせ最初から私の片思いだったのだもの。いいえ、剣を交えながら同時に恋なんて出来ないわ。恋なんかじゃなかったのよ、そうでしょう、キャナリー？

キャナリーは一歩奥へ入ると、昔と同じ調子で話し掛けた。

「他人行儀な挨拶はよしてよね、クート。それよりよく戻って来てくれたわね。どうしてすぐに妖精宮の方へ来てくれなかったの」

それから彼の伴侶の方へ眼を向けた。その優し気な青緑色《ナイルブルー》の瞳は、けれどキャナリーを戸惑わせた。鮮緑色《エメラルド》じゃない？〈魔の国〉から、〈魔の気〉を持たない女を連れ帰ったの？何故？　わざわざ私と同じ〈魔女の娘〉を…？

その時帷の陰から、侍従長が合図を送って寄越した。侍従長のモクには、妻のレンのような堅苦しさはまるでなかった。いつも穏やかな微笑を湛え、芝居なら絶対に悪役は出来ないような顔をしていた。

キャナリーはその顔にほっとして、二人に慌ただしく挨拶を済ませると、帷の向こうへ出て行った。もっと大きな戸惑いが待っていようとは思わぬままに。

鏡の中の異国の戦士がそこにいた。そうして鏡の中と同じ瞳で彼女を見つめていた。

折から窓が開いて、割れる様な歓声が吹き込んできた。それが背中を押してくれた。でなければ、再び立ち竦んでしまったかもしれない。そう感じながらもキャナリーは、窓敷居の上でチラリと彼を見返った。

その心を貫かれるような瞳は、どうして…？　貴方は、誰？

どうしてあの娘に、フランシーがダブって見えたのだろう？　リコーも又、戸惑っていた。瞳の色も違う。肌の色も、年格好も違う。けれどあの顔は確かに、自分がよく知っているものだ。そうして自分が永遠に失ってしまった筈のものだ。なのに、何故…？

「ゾイアック様には、そちらでしばしお控えください。そうして公爵の合図を待たれまして、バルコニーへお出ましください」

侍従長が流暢な共通語でそう言って、リコーを控えの間の方へ導いてくれなければ、彼も又その場に立ち尽くしていたかもしれない。

控えの間に入ると、クートとリーンが囁き合っていた。と見るや、リーンが驚いたように声を上げた。

「剣士ですって！　あの公女様は、剣士だって言うの？」

「そうだよ」クートはリーンの反応に、少々面食らったような顔で答えた。「それもかなり優秀な。そんじょそこらの男の戦士じゃ、とても敵わない。だからあんな格好してるところは、本当に何年ぶりかで見たよ。あんなフワフワのドレスやリボンも似合うんだなあ。ちっちゃな子供の頃は、あんなに綺麗だなんて思わなかったな。帯剣姿も凛々しいけど…」

「あの人は魔女の娘なんでしょう？」リーンはいっそう眉をつり上げた。「魔力は感じないけど、でも、魔女の血を引く者が剣士なんて…何てことでしょう」

「いけないのかい？」

クートはキャナリーを気にするように、窓の外に視線を走らせた。それから控えの間の入口に立つリコーと、侍従長にも眼を遣った。

「いい筈がないわ」リーンは慌てて声を落とした。「魔女というのは、力を守る者であって、力を…えっと…行使する者じゃないのよ。魔女が〈森の国〉に隠れ住むようになっても、ずっと〈こちら側〉の〈司巫女〉であることを止めないのは、何故だと思うの？　生命《いのち》を守るためよ。無駄な血を流れさせないためよ。貴方のその剣帯だって、だから、限られた者にしか与えられないの。争いや、男達の様々な欲望やらが、無限に膨らんでゆくのを抑えるための〈気の力〉なのよ。それなのに、魔女の娘が剣を取って、振り回すなんて…女王様は何と思われるでしょう」

「『女王様は、何と思し召しでしょう』アミは、アムニアナはそう申しておりました」

そう言ってアノンことアムナヴィーニは、魔の女王を振り仰いだ。

女王の深い緑の瞳は虚空を見ていた。否、視力以外の五感でものを見ていた。女王の意識はけれど膝に抱いた猫の瞳を通して、目の前のアノンを捉えていた。アノンの方でも、はっきりとそれを感じていた。

それは生まれつき視力の弱い女王のいつものやり方だった。にも関わらず、アノンはドキリとした。女王の前では偽りは通用しない。アミの言葉はもちろん偽りではない。けれどそれは昨日今日聞いた言葉でもなかった。今現在のアミの居場所はアノンにすらわからなかった。彼女が何を目論んでいるのかもわからない。彼女は協力が欲しければいつでもアノンに打ち明けたろうに。いえ、夏至祭が近いのを気にして、黙って行ってしまったのかもしれない。夏至祭にはアノンは必ず女王からのお呼び立てを受けるだろう。女王の前では知っていることは残らず喋ってしまうかもしれないから。

いいえ、ドキリとしたのはそのためばかりじゃあない。暫く姿を拝見せずにいる内、女王様は弱いどころか、殆ど視力を失っていらっしゃる。と言って、その分〈気力〉が増しているようにも見受けられない。むしろ御身体は弱っておいでのようだ。女王様は御幾つになられるのだったろう。

「私はもう二百年近く、女王の座に居ります」女王がアノンの考えを読んだかのように、口を開いた。「何時までも続くとは思っていませんし、貴女方も思わないように。その時は神の御意思《カノン》に従うまでですよ。御意思《カノン》に逆らう者に安らぎはありません。アムニアナにもそう伝えなさい。けれど何故、彼女はここへ来ないのです？」

「銀の剣を取り戻せなかったからですわ」アノンは驚いた顔で、答えた。「銀の剣を持たずに戻って来てはならないとおっしゃられたではございませんか。それに契約半ばで〈あちら側〉から逃げて来た者が、女王様に顔向けなど出来ましょうか」

「貴女も、彼女のことは申せませんよ」女王は悲し気に頭を振った。「彼女の待ち伏せ行為に手を貸したでしょう？」

「ですが…」

アノンを片手で制し、女王は続けた。

「銀の剣がフラン・リコーの手を離れなかったのは、まだ彼に資格があるからです。彼が正当な持ち主でなくなったのなら、あの剣はここへ戻って来たでしょう。私はあれに、そのような〈気〉を込めてあるのです。〈気〉は私の生命《いのち》です。〈気〉は神の御言葉《カノン》です。御言葉《カノン》に耳を澄ませなさい。私は昔アムニアナに、常々そう言って聞かせていた筈なのに。そうして貴女にも。何故自分達の意思で、剣の〈気〉を動かそう、動かせるなどと思うのです？　いえ、理由は問いません、今は。ですがそのようなことをしても、良い結果は生まれませんよ。それがわかるまで、もちろん彼女をこの国に、再び住まわせるわけにはゆきません。それはなりませんが、今宵は夏至の前夜祭《イヴ》です。魔の国に住まう者ばかりでなく、〈魔女の娘達の集落〉の者も、先の大移動の際に、零れ落ちた者も、〈気〉の強い者も弱い者も、〈あちら側〉に住まう者の幾たりかも、皆々ここに集い来たりて、共に神を祝福する日ですよ。この祭の間は、この国の入口は開かれているのです、貴女も知っての通り」

「では、アミを御側に呼び寄せてもよろしいのですね？」アノンはそう言いつつも、まだ女王の真意を掴みかねて、目の前の黒猫の緑の瞳を見つめた。

「祭に参加するのは自由ですよ。銀の剣を持参するなら、私の側にも寄れましょう」

そう言われて、アノンは怪訝な目を女王の顔に移した。

「〈真の銀の剣〉ではありませんよ」女王は猫を足許に下ろし、ゆっくりと立ち上がった。

「先に言ったように、あれはまだフラン・リコーの手にあるべきもの。私が今言いましたのは〈銀の空剣《レプリカ》〉のことです。アムニアナがジオレントへ赴く折、祝福の意を込めて、又、彼女自身の身を守るものとして手渡した、〈気を込めていない銀の剣〉です。あれは彼女に贈ったものではあります。けれど今の彼女に、あれを持つ資格がありましょうか。彼女にもわかっている筈です。わかっていながら、あれを返したがらないようです。私に隠し事や、偽り事を為すつもりなのでしょうか？」

そう言うと女王は、左手を斜め前方に差し出した。左側に控えていた侍女が、その手に抜き身の短剣を持たせた。女王は二言、三言、口の中で何事か唱えると、それを真上に振りかざした。

剣の先が青白く光った。と思うや、その場を包んでいた布の天幕の壁と天井は崩れ、濃い霧に変わった。そうして霧は見る間に空へと昇りつつ、消えていった。

太陽が彼方の空に低く懸かっていた。女王と侍女の影が、アノンに覆い被さるように伸びてきた。

「日が沈む時…」女王が静かに言った。「神の御言葉《カノン》が降り注ぎます。それまでに私は、〈祈りの家〉に戻らなければなりません。ここは〈森の国〉の北の外れ。太陽ものんびりとしてはいるようですけれど、そろそろ失礼しますよ。貴女は祭りに戻りなさい」

女王は短剣を右手に持ち替え、再び左手を前方に差し出した。

侍女は今度はその手を取り、女王を、右手側に伸びている石畳の小道の方へと導いた。猫がその先を駆けて行き、段差のある所で立ち止まって「ニャアン」と鳴いた。

アノンは立ち上がり、女王の後ろ姿に向かって声を掛けた。

「アミは、隠し事をするつもりなのではなく、おそらくわかっていていただけないのでは、と思っているのではないでしょうか。非礼に聞こえましたらお許しください。ですが女王様は〈あちら側〉に住まいなさったことも、御結婚なさったこともございませんでしょう？」

女王は一瞬足を止めた。けれど返事はなかった。

侍女の方がチラとアノンを顧みた。それはアノンが小さな子供だった頃から、女王の最も側近くに仕えていた女だった。今ではアノンよりも若く見える程だ。なのに三十余年の昔から幾らも年を取ったように見えなかった。女王に定められた者は、同時に長命を約束される。強い〈気〉が時の流れすら押し止めるのだろうか。では、彼女が次代の女王となるのだ。それは遠い日のことではない、とアノンは感じた。そうして涼やかな宵の風に身を震わせた。

シアの風は、真夏とは思えない程涼やかだった。モトスは、シダーに引っ張られるようにして塔のてっぺんまで一気に駆け登って来たばかりだというのに、寒気すら感じた。胸壁からほぼ正面に見える太陽も、ジオレントのそれと違って大きくて、輪郭もぼんやりしていた。それは丘の端に沈みかけているからかもしれない。でも差し掛けてくる光もとても柔らかだ。南国の断続的な雨期、秋ともごく短い冬とも言える季節、その後の春の最初の光のようだ。

本当に、遠くまで来ちゃったんだな。夏の空気がこんなに気持ちいいなんて…そう思いながらモトスは背中を伸ばし、空を見上げた。

空の色も柔らかかった。王宮の背後の森の木々が宮殿を包み込み、塔を覗き込むように枝々を伸ばしていた。緑の葉…常磐色《エバーグリーン》、若緑色《ピーグリーン》、銀緑色《シルバーファー》、深緑色《スプルース》、橄欖色《オリーブグリーン》…いろんな緑の重なり…再び背筋がゾクリとした。緑の洪水が頭から覆い被さってきて、飲み込まれてしまう、そんな気がした。

「どうした？」シア公国の第二射手シダーの、屈託のない声がした。「高い所は苦手だったか？」

「いえ、そんなことはありませんよ」モトスはそう言ってから、一寸言葉を切り、息を整えた。

「ですが、目まいがしそうな程美しいですね、空も、森も。それに…姫君も」

「姫君、ねえ…」シダーはクスクスと笑った。「俺達はいつもキャナリーって呼んでるし、ドレスなんて着てるところは見たことないもんなあ。誰かと思っちゃったよ」

「キャナリーって…そんな呼び方なさって構わないのですか？」

シア公国の首都ホーに入ってから、モトスを一番驚かせたのは、その気さくな雰囲気だった。街門も日中は、国境の小競り合いが収まってからは夜間も開きっ放しという点からして、門衛兵だった彼には信じ難かった。一般の人々と貴族や戦士や導士との区別は、服装が同じなら付けられないのではと思う程、誰もが気さくに声を掛け合っている。明らかに階級が下と見える戦士や衛兵が、シダーに敬称抜きで呼び掛ける。大体、第二射手がモトスのような若い従者の世話役と言うか、案内役を命じられて、しかもシダーもそれを気安く引き受けるなんて、全くジオレントでは考えられなかった。第一、第二と言っても、シアにはそもそもジオレントのような秩序立った階級制度に支えられた軍隊というものはなく、兵士は皆、公爵家の雇われ戦士のようなものなのだと聞かされても、やはりピンとこなかった。

射眼の窪みに腰を下ろしたシダーは、有無を言わせぬ強い調子で手を振り、モトスを自分の隣の射眼に座らせてから、こう言った。

「いいんだよ。キャナリーだって姫なんて呼ばれると、背中がむず痒くなるだろうよ。公爵だってフェンナー公とか、戦士フェンナーって呼ばれる方がお好みだし。お前もそう呼んでいいんだぜ。この国で敬称付きで呼ばれたがるのは、公妃様だけ。あの方はゴーツ王の姪御だから、特別なのさ。ゴーツ王が睨みを利かせておいでられればこそこの国も、配下のどの国も安泰なんだ。フェンナー公の剣帯のおかげもあるけど、それだけじゃあないのさ。ゾーン大公もしょっちゅうこっちを挑発するけど、本気で攻めては来ない。この国をマジで欲しがってるのはわかるけどな。なんせ国境線一本、山一つ隔てただけで、土の質も水の量も全然違うって話だから。で、ゴーツ王の宮廷から降嫁なされた御方を、粗末には扱えないってわけ。それよかお前もさ、いい加減敬語使って喋るの止めろよ。もう五日、いや足掛け六日も、俺達一緒に行動してるんだぜ。ジオレントじゃどうだったかしらないけど、シアはシアなんだからさ。それにクートはお前を友達として、俺のところへ連れてきたんだぜ」

シダーが本気でそう言っているのはよくわかった。それでも彼は一応四歳年長なのだから…と、モトスは一寸頭を捻った。

その時、下の方から聞こえていた楽の音が、一層高らかに響き渡った。

モトスは思わず、身を乗り出して見た。

塔の下、宮殿の正面には、石畳の美しい広場があった。妖精広場と称され、蔓薔薇を這わせた石壁に囲まれ、南西に門棟《ファサード》を構えていた。このファサードの門だけは、一般民衆の前に普段は閉ざされ、祭り等特別な機会にしか開放されなかった。門の外の、丘を少し下った所には野外劇場があり、客席の先はそのままフェンナー広場と呼ばれる場所に続いていた。日頃宮廷人と市民、あるいは市民同士の交流は、専らこちらで行われていた。

今日は特別な日だった。妖精広場の真ん中には、篝火用に薪が高く積み上げられていた。

その近くに一際派手な衣装を纏い、ジオレントでは見たこともない妙な形の楽器を抱えた一隊がいた。二十人ばかりで二重の円を作り、自分達の音楽に合わせて軽快にステップを踏んでいた。そうして見ていると、全く円形を崩さずに、回ったり跳ねたり、互いに入れ替わったりしながらも、演奏は全く乱れなかった。側にいた人達は立ち止まって見とれたり、手拍子を送ったり、あるいはステップを真似てみたりしていた。近くの楽隊も、自分達の演奏を中断して彼等のリズムに合わせ始めた。そうしてそれは次第に妖精広場全体へと広まっていった。

他の楽隊の中にも、その妙な楽器を持った奏者が一人か二人混じっていた。けれどそればかりで構成されたグループは他にはなかった。それ以上に派手な身形のグループも又、他にない。

その楽器は、塔の上からではよくはわからなかったけれど、奏者がチュニックの上に纏っている大きなショールのような布と同じ色柄の布で包まれた丸っこい〈袋〉から、細い竪笛のような〈パイプ〉が何本も突き出しているように見えた。音はラッパのような金属質の音だけれど、もっと耳当たりが良く、膨らみと柔らかな余韻があった。その音で奏でられる音楽は、ジオレントの祭などで聞き覚えのある、リズミカルだけれど単調で、厳粛な趣さえある合唱曲や祝祭曲とはまるで違っていた。

「楽しい音楽ですねえ」モトスは本当に楽しそうな笑顔を見せた。「即興的…いえ、感覚的って言うのかな。心が浮き立つような、思わず踊り出したくなるような曲ですね。音色もすごくいい。初めて耳にする音なのに、どこか懐かしくて、すーっと心に染み込んで、ふわあっと気持ちを広げて羽ばたたかせてくれるような…リズムはこの上なく軽やかで、だけどメロディーは…」

「お前ってさ…」シダーが感心したように、口を挟んだ。「ジオレントじゃもしかして、詩人か導士かなんかだった？」

「どちらも違いますよ。何故？」モトスは笑みを湛えたまま、相手を振り返った。

「だってそんな言葉、普通スラスラ出て来ないぜ。それに初めて会った日はムッツリしてて、殆ど喋らなかったじゃないか。共通語わかんないのかと思って、気い遣っちまったよ。でも今日はよく喋るし、そうやって、そう、笑ってる方がずっといいよ、うん」

「そうですか」モトスは少し照れたように唇を噛め、それから言葉を訂正した。「そうだね、緊張がほぐれてるみたいだ。って言うか、結構緊張してたのかなって、今思ったよ。シダーのおかげだね。ありがとう。それから、あの音楽の…あの楽器は面白いね」

「ああ、あれはバグって言って、袋状の胴体の空気を肘で押し出しながら、音を出すんだ。大きさや高低はパイプで調整するんだよ。バーリの伝統楽器で…」

「バーリって…」モトスは思わずシダーの説明を遮った。「ええっと、確かこの国がゴーツ王の配下に入る前の名前、だっけ？」

「正解。バーリ独自の物や文化って、今でも結構残ってんだぜ」そこでシダーは、自分の頭を指差した。「これも、その一つ、かな」

「その、赤い髪？」

元々焼けているような赤煉瓦色《ブリックレッド》のシダーの髪は今、西から水平に射してくる陽を受けて、陶器窯の中で爆ぜる炎のように明るく輝いていた。

「そう、バーリ人とゴーツ人は髪で見分けるんだ。クートなんて体型はゴーツっぽいだろ。眼も藍色《ブルー》だし。あれは母親がゴーツ系だから。けど、髪は鳶色だから、やっぱバーリ人なんだよ」

そう言うシダーの瞳は菫色《バイオレット》だった、とモトスは記憶していた。けれど今は光の中で紫水晶《アメジスト》色にも、孔雀色《ピーコックブルー》にも翡翠色《ジェイドグリーン》にも見えた。自分の黒い瞳は、今もやっぱり黒にしか見えてないんだろうなと、一寸ばかり寂しい気がした。

「それからバーリ人には、職人が多いんだ」そう続けながら、シダーは自分の背中の弓矢を指した。「これもバーリの技さ。元々器用なんだろうな。俺の親父もちっとは名の知れた陶器職人だし、お袋はそれに模様を入れる絵付け職人。なのに俺は誰に似たんだか、不器用でさ。だから剣士だった伯父貴の養子になって、宮廷《ここ》に来たんだ。だけど背が伸びなくて…射手に転向したのは、十五の時だったかな。俺より伯父貴の方が悔しそうだったな。剣士はやっぱ、花形だからな。誰もが憧れるけど、誰もがなれるわけじゃない。ま、腕力には自身あったからさ。クートやセノクみたく背も高くて腕も長い連中には、とても敵わないと思ったしさ。実際、敵わなかったけどな。ハハ…」

笑いながらもシダーは、少し寂し気な顔をした。

シダーはモトスよりは大柄だった。とは言えジオレント等南国の標準に比べると、北国の人々は遥かに長身だった。バーリ人やゴーツ人に囲まれていると、二人は大人の集会に紛れ込んだ子供のようにさえ見えた。シダーが地上の人込みを逃れるように、塔の上にモトスを引っ張って来たのは、そんな理由《わけ》もあったかもしれない。

「こういう所からノッポ連中を見下ろすのって、気持ちいいだろ」けれどすぐに明るい顔に戻って、シダーは更に続けた。それから彼等の左手、東から南東になだらかな丘陵が続く辺りを指した。

「あっちの、今夕日が当たってる辺りに住んでるのは、みんなバーリ人なんだ。白い花が咲いてる所があるだろ、川伝いに。川のあっちが林檎、こっちが杏なんだけど、どっちも管理してるのはクートの祖父《じい》さんなんだ。俺の両親の家は、あの川の上流にある湖の北岸。ここからじゃ一番高い丘の陰で見えないけど、この地方で一番上質の陶土が採れる所さ」

一番高いその丘の上半分は、一際鮮かな緑とその表面にたなびく霞のような白い花に覆われていた。

「あれも果樹園？」モトスはそちらを指差した。

「あれは、じゃがいも畑だよ」シダーは愉快そうに、異国の若者の顔を見た。「知らないのか？」

「あれが、じゃがいも？」モトスも楽しそうに、身を乗り出した。「旅に出るまでは、見たことも食べたこともなかったよ。へえ、あんな綺麗な、白い花が咲くんだ…」

その花の下方には延々と緑草地が広がり、間をゆったりと二筋の川が流れていた。一方は白い花の間を割り、東からホーの市街に入り込み、どうやらこの宮廷の在る丘の麓に向かっているらしい。込み合った建物やこの丘の影に覆われて、街壁からこちらはもうよく見えなかった。もう一方は放牧地から麦畑を通り抜け、南の街門から真っ直ぐ地平線に向かって延びている広い街道と交わり、花畑を横切って、南西の小森の向こうへ続いていた。

その街道はここへ辿り着いた日にモトスも通った道に違いなかった、クートに案内され、リコーとリーンと共に。けれど広い舗装道は、黄緑色の楡の葉の列に挟まれた一本の白い筋にしか見えなかった。それに半分以上刈り入れが終わった麦畑は、側を歩いていると少々寂し気に見えた筈だった。なのにこうして遠く上方から見晴るかすと、牧草や木立、白や赤や紫の花々に取り囲まれて、今は楽し気にさえ見えた。何の魔法だろう。モトスは思った。小森に目を転じてみた。それからその向こうの青緑に煙る山に。太陽が腰を下ろしている丘に。宮廷の背後を守る丘に…

緑だ！　モトスは心の中で叫んだ。緑の魔法だ！　〈森の国〉はとうに抜けたのに、まだ森の国にいる。まだ緑の世界が続いている。葉っぱの匂いの風が吹いている。頭の上にも、目の前にも、遥か彼方にもずっと。生気を撒き散らしながらずっと…スゴイや！

「どうしたんだ、モトス？」

気が付くと、シダーがじっと彼の顔を見ていた。いつの間にか涙が一筋、頬を伝い落ちていた。

「ホームシックか、オイ？」シダーはそう言って、モトスの肩を軽く叩いた。

「そんなんじゃ…」言いながらモトスは慌てて顔を逸らし、眼を擦った。

「ジオレントに帰りたいんじゃないのか？　正直に言えよ」

「違うってば、ホントに…」そう言ってからモトスは少し考え、考えながら言葉を続けた。

「ジオレントに戻りたいなんて、ここへ来る旅の途中でも、一度も思わなかったよ。僕が望んで出て来たんだから。二度と戻れないとは承知の上で。そうじゃなくって、何て言うのかな…自分でも、よくわからない。唯ジオレントじゃ、殊に今頃の季節は、乾期で、街の中や周辺には少しは緑もあるけど、花はもうなくて、埃っぽくてさ。街から離れると、一面砂色なんだ、地も丘も。で、上を見上げると空しか見えないんだ。本当に、頭の上は神の住まい給う空だけなんだ。空の色もこんなふうに柔らかじゃなくって…ましてこんなふうに、ここのように空を緑が、それも一色じゃなくって、いろんな緑が空を縁取って、こちらを覆い被さるようにして見下ろしてるなんて…緑って、生きてるんだ！って、さっき突然感じて、ドキッてしたんだ。木じゃなくて、誰かに見られてる感じ…いや、誰かがいるって言うべきかな」

「誰かって…神？　神の御言葉《カノン》が聞こえた、わけじゃないよな？」シダーはそう言って、首を捻った。

「まさか」と、モトスも首を捻った。「神はこんなに人の近くには、降りていらっしゃらないよ。でも〈森の国〉の中でも、これに似たような感じ、あったなあ…でもとにかく、悪い感じじゃないよ。ドキリとはしたけど、孤独じゃないって感じるのは、むしろホッとする感じ…やっぱ上手く言えないよ。だけど、この国に来て良かったと思うよ、本当に。ここの風景は素晴らしいよ。この音楽も…アレッ？」

いつの間にか広場から聞こえる曲は調子が変わり、一層アップテンポに、音も鋭く高くなってきていた。

下を覗くと、二重のバグの輪は他の楽器を交えた三重になり、その中心でおめかしをした小さなカップルが踊っていた。そこへもう少し年長らしいカップルが、一組、また一組と入って来た。輪の外側にも、今や吸い寄せられるように人が集まって来ていた。宮廷内のあちらこちらの建物の中から、下の広場から、もっと下の市街から…

「よし、俺達もそろそろ行こうぜ」シダーはモトスの肩を叩いた。

「何処へ？　あそこへ？」

「そうさ。良い風景、良い音楽ときたら、次は決まってんだろ」シダーはそう言いながら、さっさと立ち上がって歩き出した。「ダンスと女の子だよ。お前がここからの眺めをえらく気に入ってくれて、嬉しいよ。今がシアの一番良い季節《とき》だからな。夏が終われば花も終わっちまう。短いけどこの素晴らしい季節があるから、雪に閉ざされる冬も耐えられるんだ。けど、夏の盛りに綺麗なのは花だけじゃないぜ。バーリの女の子も今日は、めかしこんで別人みたいになってる筈だぜ。明日は他所の町や国からの客人が集まって来て、あれこれ行事もあったりするから、ホーの街の人間だけで思いっきり騒げるのは、今年はもう今夜っきりだからな。お前には、俺の従姉妹のダリアを紹介してやるよ。小生意気なとこもあるけど、ダンスはサイコーに上手いんだぜ。まだ十五なのに結構色気もあるしさ…日が沈まない内に見つけないとな」

日が沈まない内に、夕べの祈りは捧げなくていいの？　モトスはそう訊き返そうと思った。けれどシダーはすでに塔の階段を下り始めていた。

モトスは慌てて後を追った。けれど階段の手前でふと、足を止めて振り返った。下から音楽等と共に立ち昇って来る人声の中に、覚えのある少女の声を聞いたような、気がした。

（リコー…リコーって呼んで、いいのよね）


「リコー」

背後から呼び掛けられ、リコーはハッとして立ち上がった。彼は広いバルコニーを支える太くて飾り気のない柱の陰で、夕べの祈りを終え、けれど跪いたまま思いに沈んでいた。振り返ると、柱に寄り添うようにして誰かの影が立っていた。その向こうでは空から落ちてくる噴水の水が、西日に眩く煌いていた。

リコーは目の上に手を翳し、もう一度その影を見た。

公爵の黒髪の娘がいた。一瞬、別人かとも思った。その髪はもう花とリボンで飾り立てられてはいなかった。長い髪は背中に下ろされ、緩い編み方で一つに束ねられていた。その細い身体も、ピンクのアンダードレスに透ける素材のオーバードレスとレース飾りをふんだんに重ねた衣装に包まれてはいなかった。この国の男達が着ているような、けれど彼女の体型にピッタリと合わせて仕立ててあるらしいスタンドネックのシャツとタイツ。その上に瞳と同じ青色《ブルー》の胸元に白い花の紋章を染め抜いただけの、シンプルな膝上丈のチュニックを重ね、ブーツと同じ革の剣帯で、右の腰に長剣を吊していた。

チュニックの裏には他の戦士達のそれと同様、極細い鎖で、けれど密にしっかりと編まれた鎖帷子が縫い止めてあるのだろう。その〈裏地〉のストレートなシルエットが、昼間の女らしさを包み隠してしまっていた。物腰からも、ドレスに合わせた借り物の淑やかさは消え、紳士流に軽く上体を折り曲げて挨拶をくれる姿は、自信を取り戻した戦士の風情でキリリと美しかった。

化粧もすっかり落としたその顔は、リコーの眼には先刻よりも更に懐かしい表情を見せていた。

そうしてその表情《かお》で、娘は彼を呼んだのだ「リコー」と。

「リコーと呼んでよろしいでしょ？　クートが貴方を、そう呼んでいるのを聞きました」

クートは一緒にシアへの旅を始めたその日から、彼を「リコー殿」と呼んでいた。モトスがそう呼んでいるのだから、と。リコーは咎めなかった。それどころか、ジオレントあたりと違ってシアでは身分や軍での地位など関係なく、戦士同士は互いに敬称抜きで呼び合うのが流儀なのだと聞くと、では敬称も敬語も抜きで喋ってくれと、リコーの方から求めさえしたのだった。

〈銀の戦士ゾイアック〉は、もう死んだのだ。リコーは思った。父から受け継いだフランという名も、ジオレントの言葉で〈最上の〉という意味のこの名も、今の自分には相応しくない。残るのはリコー、八歳の夏至祭に神より賜られたこの洗礼名だけだ。これとて相応しいとは言えないかもしれないが。三千年余の昔、神に導かれてジオレントの地に大聖堂の礎を造った男の名だ。礎しか造れぬまま病に倒れた彼は、礎だけでは何の意味もないとからかう周囲の者達に、こう言い残したと言われる。『お前達がこの上に石を積み、お前達の子供が祭壇を置き、その子等が屋根を葺き、塔を建て、鐘を打ち鳴らすなら、その時神は私の名と、私が為したささやかな仕事を彼等に思い出させてくださるだろう。人の仕事の意味を人が知っている必要はない。神は、御存じなのだから』当時はまだ聖者という地位は存在しなかったけれど、彼は後の世に、歴代の聖者と共にその大聖堂に奉られることとなる。そんな男の名だ。そうして自分は、そうだ、その名を戴いた者として、神の御前に恥ずかしくない者でありたいと、そう願いつつ生きてきた、その筈だ。そうだ、この名には自分自身、特別な思い入れがある。けれどあの逸話を、今程意識したことはなかったな。神は本当に御存じなのだろうか、〈唯のリコー〉がここに彷徨っていることの意味を？

「もちろん、構いませんとも」リコーは努めて平静な顔で、答えた。「それで私は、貴女を何とお呼びすべきでしょう、凛々しき帯剣の姫君？」

「キャナリーで結構です」男装の姫君は、クスリと笑った。「この国の戦士は皆、そう呼びます。それより、こちらへ出ていらっしゃいませんか。そんな薄暗い場所で、何を祈っていらしたのです？　と言うより、こんな日にも祈るんですか？」

「この国の人々は、祭の日には祈らないのですか？　いや、祭の日だけでなく、あまり祈ること自体に熱心ではないようですね」そう言いながら、リコーはゆっくりと柱の外側へ出て行き、キャナリーの隣に並び立った。

彼女は思いの他スラリと丈高く、リコーと大して変わらない程だった。青い瞳が真正面から彼を見た。と、すぐにそれは広場の方へと逸らされた。

広場の噴水の向こうからは、人々の歓声と楽し気な音楽が聞こえていた。楽隊の輪の中では、子供達のダンスが始まっていた。さあお祈りが終わったら、子供達はさっさとベッドに入りなさい、普段ならそう言われる時間だろう。けれど今宵はバグの音が誘うように鳴り響き、太陽も丘の上に居座って、手招きしている。一張羅を着て、片っぽのポケットには、眠くならないおまじないに庭のミントの葉を一掴み、もう片っぽには、恋のおまじないにジオレント産のバニラを一本。いつもは手も握れないあの子と踊って、朝まで踊って、ウフフ…キスまでしちゃうかもね。今夜はいいんだ。お祭りだから。来年の今夜もいいんだ。でも来年はずっとずうっと先だから、今夜踊らなくっちゃ。今夜楽しまなくっちゃ。ママとパパも、今夜は何時になくご機嫌だから。羽目を外した大人達に囲まれて、子供達は無邪気に笑う。

無邪気に踊る。そうして輪はどんどん広がってゆく。もっと大きな子供達も歌いながら踊りだす。大人達も抱き合って踊りだす、輪の外でも、ファサードの外でも、その下の広場でも。

そんな光景もけれど、リコーには目の前にありながら遠い世界のような、或いは舞台の中の芝居のようにしか思えなかった。それでも彼は、キャナリーにこう問い掛けた。

「貴女は、ダンスはなさらないのですか?」

「この格好で?」再びキャナリーは、小さく笑った。「今宵の前夜祭は、ホーの市民のための無礼講です。それに私はダンスよりも、明日の剣技会の方が楽しみだわ。そうそう明日は、何とか侯爵の御一行が見えられるとかで、歓迎の晩餐会と舞踏会も宮廷の中であるそうですから、貴方が踊りたいと思われるのでしたら、そちらの方がよろしいでしょう。どうせ嫌でも、そちらに引っ張り出されるでしょうけれど」

キャナリーの声は高く澄んで、やはりフランシーの声にも似ていると、リコーは感じた。けれど同じではない。フランシーは年より大人びてはいたが、聞き比べればやはり、十三歳の女の子のあどけなさがあった。今目の前にいるのは、おそらく十九か二十歳の娘、いや、自分の意思を持っているであろう一人前の女性だ。フランシーではない。しかし…

「しかし、父上…」と、その時噴水の向こうから水音に混じって、人の声が聞こえてきた。セノクの声だった。

「私には父上の御考えはよくわかりませんね。クートが戻って来る以前から、彼を許す御気持ちになってらしたのは存じてますよ。ですが帰国して間もない彼を、お客人と共に国境へ寄越すとは、驚きましたよ。キャナリーの代わりだなどと御冗談まで添えて…」

「お前こそ」公爵の良く通る声が、息子を遮った。「キャナリーを見つけた時、何故すぐに宮廷へ戻して寄越さなかった？　怪我をさせるなぞ…」

「ほんの掠り傷ですよ、普段の稽古でもしょっちゅう付けてる程度の。馬から落ちたショックで一時ボーとしていたのでなければ、あいつは死んでも帰京しなかったでしょう…」そこで水のカーテンを回り込んだ先にキャナリーとリコーを見つけ、セノクは足を止めた。「そうだろ、キャナリー？」

リコーは近付いて来た二人に挨拶を掛けようとした。けれどそれより早く、公爵がキャナリーに向かって怒鳴り声を上げた。

「何だその格好は！　今日は、いや祭りが終わるまでは、ドレスを着ていろと言っておいた筈だぞ」

「ですが父上…」キャナリーは平然と言葉を返した。「私はこの十年間、一日足りとも剣の稽古を休んだことはないんです」

公爵はリコーに気付き、目礼を交わした。それから「一寸、失礼しますぞ」そう言って娘の方へ向き直った。

「では遂に、例外となる日が来たのだ。お前に剣を手ほどきしたのはこのわしだが、それを後悔しておらぬとは思うな。明日はあのドレスを脱ぐんじゃないぞ。ソラの国の第二夫人とその息子の第二王子のお相手をしてもらわねばならんからな」

「ソラの王子?」キャナリーはセノクと、驚いた顔を見合わせた。「今年の賓客は、ゴーツ王の従姉妹の御子息の、ええっと…キリエ侯御一家では…?」

「キリエ侯は…」公爵は自分の迂闊さを否定するように、顔の前で手を振った。「ああ、お前達は国境にいたのだったな。夫人が病気だとかで、訪問を延期すると言って寄越されたのだ。代わりに、と言うわけではないが、ソラの第二夫人が訪問したいと伝えてこられたのでな、祭りに招待差し上げたのだ。新しい年の始めには、キリエ侯の娘とセノク、ソラの第二王子とキャナリーの二組の婚約を、揃って発表出来れば良かったのだが…」

「な…!」キャナリーは顔色を変え、身を強張らせた。「そんなこと、今初めて伺いました」

「それはそうだ。今初めて聞かせたのだから」公爵の方は眉の一筋も動かさず、娘を見返した。「ソラの方からのかなり急な申し出でな。しかし悪い話じゃない、お前にとっても誰にとっても。お前はこの国を継ぎ、セノクがキリエ侯の領地を継ぐ話も…」

「何ですって!」今度はセノクが顔色を変えて、叫んだ。

　リコーも思わず、声を上げそうになった。魔女の娘が〈こちら側〉の領地を治める？　それは正典《カノン》に反することではないか。少なくともそんな例はこれまであった試しがない。聖者も魔の女王も、知れば黙ってはいまい。一体公爵は、どういう心づもりなのだろう。

「そんなことは、私も伺っておりませんよ」セノクはキャナリーを押し退けるようにして、公爵に詰め寄った。「キリエ侯の娘が、シアに輿入れするのではなかったのですか。第一、第一キャナリーがこの国を継ぐなんて、正気ですか、父上？」

　正気かとまで言われ、公爵も眉を吊り上げた。そうして手にしていた杖の柄頭をセノクの目の前に突き付けて、言った。

「わしは、何時でも正気だ。キリエ侯には、子供が何人いると思っていた？　二人だ。十七の娘と、五歳にもならない娘と、二人きりだ。侯爵は、お前の剣の腕を買ってくれとるし、侯爵の領地は…」

「剣の腕ですって？」セノクはその杖を、激しく払いのけた。「ならば何故、私を魔の国へ行かせてくれなかったのです？　この国を継ぐためでなければ、何故…」

「お前は、クートに敗れたではないか。一昨年の剣技会で…」

「あれはペテンだ！」セノクは近くにいた人々が振り返る程の、大声を上げた。

「あの試合は、クートが勝つように仕組まれていたんだ。父上の差し金でしょう、わかってますよ。アルクを、剣士としてのアルクを失った上に、私まで、魔の国探索の途上で失うかもしれない、そんな危険は冒したくなかったのでしょう。けれどその理由までは、見抜けませんでしたよ。キリエ侯の土地だったのですね。港が欲しかったんだ。陶磁器の積み出し港…私はそのための手札。唯の手札なんだ！

「アルクが片目を失った時、父上、貴方は本心から泣いてらした。クートが旅に出て、それきり戻って来なければ、とさえ願ってらしたんじゃありませんか？　クートを恨んでいた…否定しないでください。私は知ってるんだ。父上はアルクを、アルクだけを愛していた。あれが私だったら、私の目のために、父上は泣きましたか？　いいえ、手札を一枚失ったことを、悔やむだけだ。いいえ…いいえ、愛情など、今更問題ではありません。問題は、あの試合です。私の剣士としてのプライドまで、父上は傷つけたのです。戦士が戦士に対して為すことじゃあありません。けど事実は曲げられません。公平な条件で戦えば、私は決してクートに負けません。それをこれから、お見せしましょう。そうです、決着をつけて見せましょう、今宵こそ」

そこまで言うとセノクは、公爵の後ろの方で立ち止まって自分を見ていた、一人の衛兵の方へ、とんで行った。そうして彼の襟首を掴んで、訊いた。

「おい、クートは何処にいるか知らないか」

「あの下で見ました、少し前に」

相手がそう答えて指差したのは、ダンスの輪の中心の方角だった。その向こうには、門を大きく開け放ったファサードの屋壁が見えていた。

「待て、セノク」

公爵が止める間もなく、セノクは素晴らしい足で、ダンスの一番外の輪と、見物する人々の間をすり抜け、見えなくなってしまった。

「決着をつける、だと？」公爵は杖で噴水の礎石を叩きながら、言った。「どういうつもりだ。まさか本気ではないだろうが…」

「御自分の息子が本気かどうか、おわかりになりませんの？」キャナリーは全く信じられないものを見たような顔で、セノクの去った方角を見つめていた。「セノクのあんな顔、私は初めて見ました。あんな…それに彼の剣、祭礼用に飾ってましたけど、実戦用の剣でしたよね」

「まさか…」公爵は、本心から動揺したように見えた。「まさか、祭の日にそんなことは…誰か、セノクを呼び戻せ。誰か…」そう言って、自分でも息子を追って行こうとした。

その時、音楽が止まり、一瞬の静寂を置いて、広場中のドラムと太鼓が一斉に打ち鳴らされた。呼応するように、四方から歓声が上がった。

「うわあ、すごい音ね、母様」

小さなキャナリーは母の寝室にいた。窓際に据えられたベンチに上がり、半分だけ開いた窓の枠に肘を突いて、表を見ていた。ベンチの足下には、真新しいサンダルが無造作に脱ぎ捨てられていた。

「ええ、わかっていても、びっくりするわね」そう頷いてから、母は隣に腰を下ろし、同じ名の娘に話し掛けた。

「眠くないのなら、マリエ・キャナリー、貴女も表でみんなと一緒に楽しんで来ればいいのに。どうしてセノクがお迎えに来てくれた時、行かなかったの？」

「母様は、どうして行かないの。胸が苦しくなるから？」

母は小さく笑って、頷いた。

キャナリーは、母の青白い顔を見つめた。病気のせいで、年毎にほっそりしてゆくようだった。けれど緑の瞳はいつも宝石のように、光を湛えて微笑んでいた。

その頃キャナリーは殆ど四六時中、母の部屋に入り浸っていた。母の側にいる時が、一番安心出来た。それに目を離したら、母はスーッと遠くへ行ってしまう、そんな気がしていた。けれど本当にあれが、母と見る最後の祭になろうとは思わなかった。そんなことを思ってみるには、九つではまだ幼かった。

「セノクは後で又来てくれるわよ、アルクも」キャナリーは右手を母の手に重ねて、明るく言った。「セノクはダンスをしようって言ったの。でもアタシ、踊りたくなんかない。それよりね、アルクは明後日、新しい剣を戴くんですって。最初にアタシに見せてくれるって。楽しみだなあ。どんな剣かな」

六つ上のアルクと四つ上のセノクは、母親の違う妹にも優しかった。それは黒髪の母娘に冷たい宮廷の中で、二人のキャナリーの唯一の慰めだった。

公爵とて時には優しかった。抱き締めてもくれた。乗馬も教えてくれた。ジョークも教えてくれた。それから…それから、大人になってもずっと宮廷にいたければ、表の顔と裏の顔を持たなければいけない、とも教えてくれた。

だけどセノクは大人の剣士と同じ位強い。アルクはもう一人前の剣士だ。二人はだけど、裏の顔なんか持ってるようには見えない。いつだって優しい。だからアタシも母様も、いつだって笑っていられる。

けれど今、母は眉間にしわを寄せていた。

「貴女はとても、剣に興味があるようね。だけどこれだけは覚えておきなさい。魔女は力を護る者です。行使する者ではありません」

「アタシは魔女じゃないわ」キャナリーは口を尖らせた。

それに賛意を表するように、ニャアンと鳴く声が聞こえた。いつの間にか母の猫が、窓桟の上にいた。

「まあ、アミ、何処に行ってたの？　今日はヒトが大勢集まってるから…」

そう言って差し出した母の手をスルリと抜けて、猫はベンチの下まで一気に滑り降りた。そうしてビロードのような灰色の毛皮を、キャナリーのサンダルに擦り付けた。擦り付けながらだんだん身体を捩っていって、サンダルの上に横たわり、更に上半身だけ捩って、二人を見上げ、またニャアンと鳴いた。

キャナリー母娘は、顔を見合わせて笑った。

「窓を閉めてちょうだい」笑いながら、母は言った。「お祭りの間は、この猫《こ》を出さないように気をつけなくちゃ」

「ねぇ」窓を閉めながら、キャナリーは尋ねた。「この猫《こ》の名前、どうしてアミなの？」

その声は、表の騒々しさが遮断されたせいで、ばかに大きく響いた。猫が驚いたように起き上がって、部屋の隅の方へ逃げて行ってしまった。

「前にも教えなかったかしら」母は声を落として答えた。「十年前、母様が魔の国を出る時に寂しくないようにって、この猫をくれた人の名よ。彼女はその時に母様に代わって、女王様の侍女になったの。無口で、あまり他の魔女達と打ち解けようとはしなかったけれど、本当はね、とても優しくて繊細な娘《こ》だったのよ。それに素晴らしい〈気〉の力を持っていたから、銀の戦士の伴侶に選ばれたって噂を聞いた時は、さもありなんと思ったわ。でも〈こちら側〉の暮らしは、思ってたよりずっと大変だわ。シアでは一歩宮廷の外に出さえすれば、魔女もバーリ人もゴーツ人もあまり関係なくなるけれど、そうではない国だってあるでしょう。苦労していなければいいけれど…」

それから母はキャナリーの方へ向き直り、真顔になって続けた。「貴女には、確かに〈魔の気〉がない。でも、何処かに潜んでいる筈よ。母様の娘なのだから。大人になって突然〈気の力〉に目覚める〈娘〉もいる。それに貴女はいつか、女王様の御前に出て、女王様から何か、お役目を仰せつかる日が来るわ。母様にはわかるの。だから忘れないで、力を護るために、世界を護るために、私達は存在するのだということを」

そこまで言って、母は激しく咳込んだ。

「母様、大丈夫？」

「大丈夫ですか？」

耳元でリコーの声がした。気がつくとキャナリーは、片手を噴水の縁に突いていた。反対の腕を、リコーが支えてくれていた。そのシアの男達に比べれば小柄な男の浅黒い手に、思いの他の力強さを感じて、ドキリとした。力強く、固く、熱かった。その熱が自分の腕を伝って、覗き込まれた頬まで上がってくるようだった。

いいえ、力強いのは当たり前。この人は銀の戦士なのだから。銀の戦士、そう、では、アミは何処？　母様の友達のアミは？　そう、この人には伴侶がいる筈。愛する女性《ひと》が…

余計な思いを振り払うように、キャナリーは腕を振りほどき、早口で言った。

「ええ、大丈夫です。ふらついてる場合じゃないわ。一緒に来てください。セノクを止めなくちゃ」

そうして返事も待たずに歩き出し、広場へ続く段差に足を掛けた。

リコーは後に続きながら、問い掛けた。

「貴女はセノクの行き先も、クートの居場所もはっきりとわかっておられるのですか。公爵は宮廷の方へ引き返され…」

「父上には何もわからないわ」キャナリーは早足で歩きながら、吐き出すように言った。

「だから見限られるのよ、義母上《はは》にも、セノクにも、アルクにさえも、ね」

「貴女も？」

キャナリーは足を止めた。

「貴女も」リコーはその横に並び掛けながら、もう一度問うた。「公爵を信頼してはいらっしゃらないのですか？」

リコーは自分の声が喉に引っ掛かるのを感じた。目の前の〈娘〉が〈父親〉をどう思っていようと、自分に関わりはない筈だった。けれどフランシーによく似た顔を見ていると、この娘の答えが自分に判定を下す、そんな錯覚に襲われずにはいられなかった。

「剣士として」キャナリーはけれど、前方を見つめたまま答えた。「フェンナー公を信頼していますわ、もちろん」

それ以上、彼女は何も答える気はなさそうだった。

「では、別のことをお尋ねしても…」

リコーがそう言いかけた時、一人の剣士がすぐ側でよろめいて、肩と肩がぶつかった。

「すみま…」彼はリコーの顔を見て、慌てて一歩下がった。「これは銀の戦士殿、失礼いたしました」

〈銀の戦士〉という一言に、周囲の空気が揺れた。そこいらを勝手に行き来していた人々が、一時の間左右に分かれ、リコーとキャナリーの行く手を開けてくれた。

当然のようにその〈道〉を行きながら、リコーの心の方は戸惑っていた。彼はジオレントを去ってから、次第にこうした反応を素直に受け入れられなくなっていた。昔、全く当たり前と思っていたことを…何と奢っていたのだろう、私は。リコーは胸の内で苦笑した。

キャナリーは真っ直ぐ前方の兵舎館の中へ入っていった。そうしてリコーを振り返りもせず、薄暗いホールを通り抜け、建物の反対側の二重の扉も抜けて再び表に出た。そこで立ち止まると、額に手を翳した。

西日を半分遮ってくれる建造物はもうなかった。目の前には緑濃い無柄楢《セシルオーク》の木が一本。幹が分かれず、ほぼ真っ直ぐに空を指して伸びる種類のオークだった。その頂き近い枝にはアカトビが一羽。突然出てきた人間を吟味するように見つめ、一時の後、悠然と飛び立っていった。西日の中で赤い尾が、暖炉の燠が爆ぜるようにパッと光った。

そのオークの太い幹の向こうには低い煉瓦塀越しに、松や楓の細い枝々が見えた。足許には兵舎館の壁伝いに、木の手摺の付いた急な石段があった。

「気を付けて。雑な階段ですから」キャナリーは先に立って下りていった。下りながら、振り返らずに続けた。「お訊きになりたいことって、何ですの?」

「貴女がそれ程急いでおられる理由です。セノクとクートの間には、何があったのです? 公爵がクートを恨んでいたとは、どういう事情なのでしょう? お差し支えなければ…」

リコーはシアへの途上でのクートの様子を思い起こしていた。リコーとモトスは口数が多い方ではない。リーンも共通語ではスムーズな会話は難しいので、必然的にクートが一人で喋ることが多かった。彼はシアの国の如何に美しいかを幾度も説明してくれた。だから通り過ぎるだけでは勿体ない、殊にこれからの季節は絶対に、そう言った。けれど彼自身がそのシアへ戻れるのを、心から喜んでいるというふうではなかった。リーンがシアに馴染めるかと、必要以上に気にしていた節もあった。彼は何と言った？　剣帯くらいでは、公爵の御前には出られないかもしれません、そう言った。いつものように冗談めかして。まるきり冗談でもないのだろうと感じた。感じはしたが、その時は公爵からは銀の剣を期待されていたのだろうとしか考えなかった。クートもそれ以上、公爵に関して語ろうとはしなかった。公爵の子供達の話などは、口の端にも上らなかった。リコーの方から尋ねるようなこともなかった。彼は尋ねて欲しかったのだろうか？　彼は帰国をためらっていたのだろうか、一人で公爵の前に戻って行くことを…？」

「あれは、事故だったんです」キャナリーはそこで足を止めた。「クートはあんな結果になると思って、左手に剣を持ち替えたんじゃないわ。クートは元々左利きで、右でも左でも同じように剣を扱えるんです。だから、私達兄妹の稽古相手に選ばれたんです。もちろんそれだけでなく、アルクとセノクにとっては小さい頃からの〈お遊び相手〉で、兄弟も同然に育ってきたという理由もあったでしょうけれど。普段はクートは、私達の相手をする時以外は右しか使いません。けれどアルクは彼の〈左〉をよく知っていたのだから、不意を打たれたとしても、馬上であんなふうに急にバランスを崩すなんてあり得ないと、誰もが思いました。あり得ないと思っていたから、クートの方でも振りかけた剣を止め切れなかったのでしょう。ですが、剣技会は稽古でも遊びでもありませんから、危険は誰もが、承知していてしかるべきです。事故《アクシデント》はいつだって付きものです。唯、アルクが…」

キャナリーは一寸言葉を切って、頭を振った。リコーが並び掛けると、けれど再び石段を下りながら、続けた。

「アルクの右目が見えなくなるなんて、誰が想像出来たでしょう。アルクはまだ二十歳でしたが、この国の誰よりも優れた剣の使い手でした。あんなことがなければ、父も、他の誰も、彼が剣を置くなど許さなかったでしょう。でも、だからって父が、クートを国から追い出したがっていたなんて、ずっと恨んでいたなんて…もしそのために、父が何か細工をしたのなら、そうと知っていたら、私は…私もアルクも、クートを行かせはしなかったでしょう。アルクも出て行きはしなかったかもしれません。ですが、もう五年も前のことです。そうしてクートとアルクが国を出たのは、二年前。そうよ、その間クートはずっと立ち直れなくて、ずっとセノクに負け続けてたのに…そうね、私どうして、気付かなかったのかしら…」

石段を下りきった右手には、かなり広い剣と弓の稽古場があった。左は兵舎の壁が続き、壁には通廊口が幾つも開いていて、秣と肥しの匂いを含んだ風が抜けていた。その先に小さな馬場が見通せた。

　兵舎館の地階が厩になっていたな確か、とリコーは思い出した。しかもここにいるのは大体が軍馬と乗馬用の、それも見たところ駿馬ばかりだった。馬車馬などは別の、おそらくは東の妖精宮の向こうにも大きな門があった、その近くにいるのだろう。そんなことも思った。地階と言っても兵舎館は南と、それから西にも開けた斜面に雛段状に建てられているので、厩には充分な光が取り込まれていた。むしろ余分な光を遮るためか、馬房の前の広い馬繋場から更に庇を大きく張り出させて、洗い場を兼ねた開廊を作っていた。

　その開廊の方から、人の声が響いてきた。

「落ち着いて、セノク、とにかくここを出て話そう」

　クートが通廊口の一つから出てきた。続いてセノクも姿を見せた。その手は腰の剣に掛かっていた。

「セノク！」キャナリーが鋭く声を掛けた。「厩で剣を抜くつもり？」

　セノクはキャナリーを見てむっとし、リコーを見て、驚いたように手を離した。そうして肩を竦めて、言った。

「そうか、クートの居場所は、お前に訊けばよかったんだな」

　キャナリーは一瞬顔を赤らめ、口を尖らせた。

セノクは構わず、続けた。「馬を驚かすつもりはないさ。表で抜く分には文句はあるまい？」

「ところが、あるのよ」キャナリーは空を指差した。

上空から低く、籠ったような雷鳴が聞こえていた。見上げると真っ青な空の一部を、いつの間にか黒い雲が覆っていた。と思う間もなく、ポツポツと雨粒が落ちてきた。

セノクは舌打ちをし、キャナリーの手を取って庇の内へ引っ張り込んだ。

リコーとクートも後に続いた。その後ろで稲光がした。

まだ開廊の奥まで差し込んでいた西日を絶ち切らんとするように、雨が激しく音を立て始めた。遠くで人々が騒ぎ立てる声や足音が聞こえ、近くには馬達が少しばかり落ち着きを失っている様子が感じられた。そうしていきなり日差しが掻き消され、表は真っ暗になった。けれど開廊と厩の間には、太い柱が二列に並び、柱毎に小さな灯りがあった。四人が顔を見合わせるには充分だった。

「祭りが台無しですね」リコーが口を開いた。

「台無しって程でもありませんよ」クートが明るい声で応じた。「すぐに止みますから。通り雨ですよ。夏のシアの名物です。だから馬もそんなに驚いちゃいないでしょ？　でも、珍しいな、夏至祭の最中にあるなんて。夕立の季節は祭りの後の筈だけど…覚えてる限りじゃ二年前に一度きり…」

「おい、クート」セノクがクートを遮り、睨みつけた。「それで、あれは雨のせいだなんて言うんじゃないだろうな？　冗談じゃない。あれを不可抗力だなんて言わせないぞ。陰謀でなきゃ、何で俺がお前に負けたりするんだ。剣帯は俺が持ち帰る筈だったんだ」

「じゃ、貴方も国を出ればよかったのに」クートは明るい声のまま、そう切り返した。

「な…」

「簡単なことでしょう。私は貴方に勝ったから旅に出た、と言うより、国を出たかったんだ、とにかく。アルクだって、出たかったから出てったんでしょう。私が出てから暫くして、ジオレントに向けて出立したと聞いたけど、貴方が先を越して出て行けもしたんじゃないのかな？　本気なら、何かしら手は打てた筈だ。でも、貴方はここに残った」

クートはそこで言葉を切って、側の柱に寄り掛かった。そうしてセノクの冷たい瞳を悠然と見返した。

セノクは再び右手を剣に伸ばしかけた。けれどその手を左手のひらに押しつけ、問うた。

「何が、言いたいんだ？」

「つまり」クートは、常になく不安そうなキャナリーをチラと見やってから、ゆっくりと答えた。「私が戻ってみれば、貴方はしっかり指揮官の座に収まっている。髪も殆ど銀色に変わったフェンナー公の脇に立って。それこそ、貴方が望んだことなのでしょう、剣帯よりも領主の座をこそ？　結局誰もが、自分の望むところに従って行動してるのさ、勝とうが負けようが」

領主の座という言葉に、セノクはいっそう目尻をつり上げた。そうしてキャナリーに顔を向けた。

けれどキャナリーは愉快そうに笑った。「クート、クート、貴方がちっとも変わってなくて、嬉しいわ」

「いや、私は変わったよ」クートはキャナリーに笑い返しながらも、こう答えた。「確かに、あの事故《アクシデント》から国を出るまでの自虐的な私は、旅の途上に捨ててきたけれど、まるっきりそれ以前の自分でもない、つもりなんだがな。旅の間にこれでも、いろいろ経験して、いろいろ考えたんだ。魔の国や、魔女に対する認識も変わったし…」

そこで一瞬、クートは真剣なまなざしをキャナリーに投げ掛けた。けれどキャナリーの反応は待たずに、セノクの方へ向き直って、続けた。

「あの時、貴方の馬が何故急に暴れ出したのかは、知らない。けれど何があっても、前日までの自信をなくした私になら、勝てたんじゃないのかな？」

「何が、あったんだ？」セノクはキャナリーの笑顔に気を殺がれ、柱の一本に背中を預けた。

けれど口調はまだ苛立っていた。

　クートは内心戸惑っていた。常にポーカーフェイスのセノクが何故か、今は小さな子供の頃のように怒りをむき出しにしていた。とは言え、九か月だけ年上の自分の〈兄貴顔〉が、セノクの気をいっそう逆立てるのだともわかっていた。それで今度は出来るだけストレートに答えた。

「アルクのおかげなんだ。アルクに前の夜、こう言われたんだ。『クート、お前には感謝してる。でも、明日セノクに勝ったら、もっと感謝することになるだろう』ってね。私がどんなにびっくりしたか、わかるかい？　感謝してるって言われたんだから、真顔で。私は、『恨んでる、の間違いでしょう』って訊いたよ。そうしたら『いや、運命を呪ったことはあっても、お前を恨んだことなんて一度もない。もっと早く言うべきだったかもしれないな。むしろあの事故で、神に一歩近付けたんだ。そうして自分の取るべき道が、はっきり見えた。心の目を開かせてくれたんだ、お前が』と、そう聞かされた。

「あの負傷の以前から、アルクは戦士の道を行くか、導士になるべきか悩んでたんだ。あれで悩みから解き放たれて、公爵の期待からも解き放たれて、ジオレントへ行く決心がついたんだそうだ。ジオレントまで行かなくても、導士にはなれるけど、ここの導士は皆、俗世の快楽にどっぷり浸かってるからなあ。本気で神に近付くには、聖者の教えを請うしかない。

公爵は、息子を二人とも国から出しはしないだろう。けど、セノクは国から出られないだろう、もし私が、迷いと臆病心を捨てて本気で戦うなら。絶対に勝てる、自信を取り戻すんだ。と、そう励ましてくれたんだ、アルクは」

「私は…」セノクは再び柱から背を離し、クートを睨みつけた。「本気のお前には勝てない…アルクがそう言ったんだと?」

「実際、勝ったでしょう、私は?」クートはニヤリと笑った。

「ふざけるな!」セノクの腕が伸び、クートに掴みかかった。

キャナリーは二人の間に割って入ろうとした。けれどリコーの方が早かった。銀の剣を収めた銀の鞘が、稲妻の早さで二人の胸の間に突き出された。

セノクはその剣の前に、感電したように立ち竦んだ。そうして戸惑いに憤りの混じった顔で、リコーを見た。

「ここは争いに相応しい場ではない」リコーは静かに剣を引きながら、言った。「私は君達の事情は知らない。が、セノク、君の今の精神状態もまた、剣を抜くに相応しいものではない。私が国境の小競り合いの際に見たところでは、二人に力の差は殆どない。その時々で、自分の怒りと恐怖を制御出来た方が勝っていたのではないか?」

セノクは何か言い返そうとした。その時、誰か彼等の方へ走って来る足音が聞こえた。

開廊の突き当たりには今は闇に隠れているものの、階段があってファサードに続いている筈だった。その方角からリーンの姿が見えてきた。

「クート！」彼女は真っ直ぐクートをめがけて駆けて来た。誰に借りたのかシア風の明るい色使いの、スカートがふわりと広がったドレスを着て、見違えるようだった。けれどその顔は今、常よりも青ざめて不安気だった。

「クート、捜したのよ」そう言って伸ばした指先も、微かに震えていた。

クートはその手を取り、もう一方の腕をリーンの背中に回して、抱き寄せた。「どうしたのさ、雷は平気だったんじゃないのか？」

キャナリーは微かに口許を歪めた。そうして二人にクルリと背を向けると、稽古場の方へ出ていった。

すでに雨は上がっていた。けれど西方の空は、まだ黒く閉ざされていた。

セノクはもっと派手に頭を振り、舌打ちした。その顔にはけれど、すでにいつもの冷たさが戻っていた。クートの肩を軽く叩き、「明日、決勝で会おう」そう言うと、厩の奥へと消えていった。

リコーはそっとキャナリーの後を追った。その耳に、リーンの言葉が聞こえてきた。

「アノンの、母の〈気〉を感じたの。こんなに離れているのに、はっきりと〈不安の気〉を。

何か悪いことが起こるんだわ」

「悪いことが起こりそうな気がしてたんです」キャナリーは背後に立ったリコーに、振り返らず話し掛けた。「でも、貴方に一緒に来ていただいて、よかったわ」

「悪いこと、とは？」

キャナリーはそれには答えず、こう言った。

「本当のところ、リコー、貴方はクートとセノクと、どちらの力が上だとお思い？」そこでクルリと振り返った。「わかってるんでしょう？」

「わかっていたとして…」軽い驚きを隠して、リコーは静かに答えた。「明日を待たずにお知りになりたいのですか？」

夏とは思えぬ程冷たい風がサアッと吹き過ぎ、まだ残っていた雲をも払い去った。太陽はすでに丘の向こうに半ば沈んでいた。けれど二人が互いの瞳を覗き込むには十分過ぎる光を差し掛けてきた。

キャナリーはリコーの瞳を、今度は臆せず見つめた。クートの平静心が移ったみたい、と思った。クートは何時でも、私に勇気を与えてくれる。九年前、剣の稽古相手として親しく口を利いてくれるようになった時からずっと、憧れていた。ずっとクートみたいな、剣士になりたかった。それはでも、愛ではなかった。こんな気持ちではなかった。

「そうね」そう呟いてからキャナリーは、少し視線を逸らした。「明日にはわかるのですね。それに、私が本当に知りたいのは、私の力。私は、クートに勝てるでしょうか？」

「貴女が？」

「そう。一寸手合わせしてくだされば、わかるでしょう、貴方なら？　どうせ今夜、ここでクートと久し振りに剣を合わせる筈だったんです。相手が変わっても別に不都合は…」

キャナリーはそう言いながら、剣に左手を掛けた。その手を、リコーの手が押さえた。

「私は貴女と、剣を合わせる気はありません。貴女は剣を振り回すべきでも、勝ち負けを競うべきでもありません、魔女の娘は」

「私は、魔女の娘じゃありません！」キャナリーは思わず声を荒げた。「いえ、母は確かに魔女でした。けれど、〈魔の気〉を持たない私は…」

（〈魔の気〉を持たない私は、ここで幸せになるしかないのよね）

リコーの中で、キャナリーの手がフランシーの手と重なった。この娘は、剣で幸せになるしかないと思っているのか、父親に手ほどきされた剣で？　けれど、その父親は…

リコーはそっと手を離し、こう訊いた。

「公爵は、貴女とソラ国の第二王子を結婚させるつもりだと、おっしゃっておいでしたね。

ですが私には、ゾーン大公国ばかりか、ソラまでがシアに攻撃を仕掛けようとしているらしい、そう仄めかし、私がここに留まって手をお貸しすることを、求められました。おかしいと、思われませんか？」

「え、ええ、変ですね」話題を変えられたことに面食らいながらも、キャナリーは答えた。

「ソラとの間で、いつの間にそんな謀議をしてたのでしょう？　セノクも知らなかったなんて…ソラの方から持ち掛けてきた話だと言ってましたけど、それならソラが攻めてくるなんて、あり得ませんよね。ですけど父上は、何につけても結果が全てなのです。矛盾したことをしたり言ったりはしょっちゅうで、本人はまるで気にしてません。人を引きつけるために、あるいは惑わせるために、どんなはったりでも口にします。わかっていても何故か、その時は皆、納得させられてしまうのですよ。〈フェンナー公〉の人柄のせいでしょうか？　悪気はないんですよ。それに結果は必ず出す方ですから。貴方には、父上の言葉に振り回されないようにと、誰かがご忠告差し上げておくべきでしたね」

リコーの方も相手の言葉に、少々面食らった。

「お父上は本気で、貴女に公国を継がせるおつもりなのでしょうか？」

「父上の、フェンナー公としての命令は、いつだって本気よ」

そう言ってからキャナリーは、クスクスと笑いだした。リコーは、驚いて彼女を見た。

「ねえ、さっきは私、魔女の娘じゃないって言いましたけど…」キャナリーは笑いながら、続けた。「父上にはきっと、国は継げない、魔女の娘だからって、言うでしょう。ズルイと思われますか？　でも、父上だってズルイのですもの。魔女の娘なんだから、わしの剣帯を守ってくれにゃならん、母が死んだ時はそう言って、私に剣術を教えたんです。でも女王の使いには、この娘は〈魔女の娘〉じゃないから、返さないって言ったのを、知ってるんですよ、私。剣の面白さを教えておいて、容易に実戦には参加させないし…。今度は私にも平気で言いますよ、魔女の娘じゃないだろう…って。そんな人の跡を継ぐために、剣の腕を磨いてきたと思います？　第一、私は誰とも、結婚なんてしたくありません。だって、私は…」

そこまで言うとキャナリーは真顔に戻り、真剣な瞳で、再びリコーの瞳を覗き込んだ。

女王の瞳が、アノンを見つめていた、猫の瞳ではなく。常にないことに、アノンは緊張していた。

実際、神の御言葉《カノン》を聴き終えたばかりの女王がアノンを、数いる女官職の魔女の内の一人だけを側近く呼び寄せるというのは、全く常ならぬことだった。〈祈りの家〉の前庭は、薄暗く、ひんやりとしていた。低い入り日は、家とその脇の巨大な秦皮《トネリコ》の老木に遮られていた。

遠くで他の魔女達が焚いている筈の、祭火も見えなかった。

女王の右に、小さな篝火があった。その後ろに、年若い侍女が二人立っていた。この二人は同じ年頃で、常に〈祈りの家〉の門口を守っていた。

アノンはかつての自分を思い出した。自分もあそこに立っていたのだ。今のリーンよりも、ずっと若い頃…魔女の娘達の集落の司を任じられる前。それはもう遠い昔のことのように思えた…

女王の膝には短剣が置かれていた。女王の猫は、常に女王の左に侍っている年嵩の侍女の膝にいた。彼女の通り名は、そう言えばマニ、つまり猫の意だったたと、アノンは今ようやく思い出した。アノンも又、自分の猫を膝に抱いて、女王の次の言葉を待っていた。

「私も、迂闊でした」女王の口調はしっかりとしていた。神の御言葉《カノン》を聴きに行かれる前と比べて、疲れた様子は見えなかった。いや、少しお顔が青いだろうか。

「アムニアナが、アミが生まれたのは、ソラの国です。彼女を知った者があるのは、この魔の国とジオレントと、ソラしかありません。ですから、彼女がソラへ行ったかもしれないとは、考えて然るべきでした。が、考えたとして、それにどれだけ重大な意味があるか、これからどのようなことが起きようとしているのか、神ならぬ身に、神よりお伺いする前に知ることが出来ましょうか」

「アミがソラにいたとして」年嵩の侍女、マニが口を開いた。「それが、如何程に重大なことなのでしょう？　神は、何と仰せなのです？」

「アミは」女王は意味あり気に、アノンを見た。「ソラから、ゴーツ王国領シア公国へ向かっています、〈銀の空剣《レプリカ》〉を持って。彼女を止めなければなりません、すぐに」

「シアへ！」アノンは思わず声を上げた。「何のために…？　ですが、すぐにとおっしゃられても…」

「霧を集めるのではないのですか？」若い侍女の一人が、無邪気な声を出した。

その少女を、マニが睨みつけた。「貴女は女王の侍女となって、どれ程になります？」

「丁度、一年です」少女は首を竦めて、答えた。

「では、わかっていなければなりませんよ」マニは厳しい母親のような口調で、続けた。

「今宵は月が、天蠍宮から獅子宮に移動する日。霧を呼ぶに相応しい日ではありません。それに魔力を安易に使ってもなりません。魔の国の中では、何時霧が出ようと動こうと、一々訝しがる者はいません。ですが〈あちら側〉では、〈あちら側〉の秩序に反したことはしてはなりません。今シアも、ソラも霧の季節ではありません。深い山の中ですら、時折見られるだけです、それもほぼ決まった刻限に。ですから…」

そこで、女王の方へ顔を向けた。「霧によって誰かを〈運ぶ〉のは、無理でしょう」

「誰かが〈行く〉には、時間もありませんし」女王は膝の剣を握り締めた。「危険です。アミの意図も正確にはわからないのですから。彼女自身、結果を予測して行動しているのではないのです。私達はですが、その予測のつかない結末を阻止し、銀の戦士を救わなければならないのです。それは、この世界全体の秩序《バランス》に関わる重大事、神はそう考えておられます。つまり慎重に、尚且つ急がなければなりません。そのために、その猫も連れてきてもらったのです」

女王はアノンの顔から、膝の猫に目線を移した。

「〈気〉を送るのですか、リーンに?」アノンは思わず、猫を抱き締めた。猫はびくっとしたように耳を立て、爪を出した。「ですが、あの娘に、そんな仕事は…」

「やらなければならないのです!」女王はピシリと言った。「リエナヴィエンの魔力が弱いのは知ってますよ。ですが彼女は、一人ではないでしょう? こちらの〈気〉を受けて、それを伴侶や銀の戦士に伝えるだけのことすら、出来ないとは言わせませんよ」

言い終わると女王は、短剣を立てて合図をした。若い侍女の一人が、足許から何の変哲もない短い木の枝を取り上げ、篝火に近付けた。そうして一くさり呪文を唱えると、枝の先端がパッと燃え上がった。

女王を中心として、地面には前庭の半分ほどの大きさの円が描かれていた。円の内側には、円と角を接するように正五角形が描かれ、それぞれの接点上には、灯火台が置かれていた。

侍女は一つの灯火台の方に、指し示すように火のついた枝の先を向けた。もう一人の侍女がその灯火台の前に立ち、台の頭を覆うように両手を翳していた。今度は二人で同時に呪文を唱えると、火は灯火台に移った。同じようにして二人は、残る四つの台にも一つ一つ、火を点していった。

その間に、マニが押し殺した声で言った。「シアにはもう一人、魔女の娘がいませんでしたか？」

「キャナリーの」アノンも小声で答えた。「カタリアナの娘ですね。同じカタリアナという名だったと思いますが。娘には、全く魔力はありません」

「確かに？」

「確かです。キャナリーが死んだ時、その娘を引取りに行ったのは、私なのですから。ですが、魔力は感じられませんし、父親も周囲の者も、娘を手放すのを強く拒みましたので、無理には連れ戻しませんでした。それは女王様も御承知くださいました」

マニは確かめるように、女王の方を振り向いた。女王は黙って、頷いて見せた。

あれも、随分昔のことのようだ、とアノンは思った。ほんの十年程前なのに。キャナリーは生きていれば、三十九かしら。魔女の平均寿命は八十年余。〈あちら側〉の人間よりは少々長い。私もけれどもう、半分生きてしまったのだ。アミとて、まだ若い娘のような気持ちでつい見てしまうけれども、もう三十半ばなのだ。そうだ、原因が孤独であれ、嫉妬であれ何であれ、少女のような感情に任せた振る舞いが、許される年ではない。

ああ、けれど人の心は、身体のように速やかに成長するものではない。また成長したとて、神になれるわけではない。人は幾つになっても、神の御導きなしでは生きられない、未熟な存在だ。〈気〉が強かろうと弱かろうと、同じ。若い娘だろうと老女だろうと、女は女なのだ。キャナリーは子供の頃から勝ち気で、しっかり前を見て歩んでいた。思い込みが強すぎて躓くこともあったけれど…アミは傷つきやすくて、常に人の愛情を確かめていないと落ち着かない、繊細な娘だった…あら、でも一寸見た目には、逆だったわねえ…ともかく人間というのは、そうした心を正典《カノン》によって、制御する術を学ぶだけなのだわ。本質が変わるわけじゃない、幾つになろうと…

スッと女王が立ち上がり、アノンの物思いは破られた。

少女達は、中央の篝火の両脇に戻っていた。

女王はその篝火のすぐ前に立ち、短剣を真上に振りかざした。

二匹の猫が、マニとアノンの膝の上で起き直り、瞳を細めて短剣の先を見た。

六つの灯火が揺らぎ、剣先に向かって吸い寄せられるように、六つの〈気〉が立ち昇っていった。

アノンは自分の猫に意識を同化させるべく瞳を閉じた。

第三章　革命の導士

夏至の夜
一年の最後の夜にして　新たな年の最初の夜
聖者は告げる　神の御言葉《カノン》を
人々は聴く　天の調べを
タマリンドでは　夏至の夜
ジオレントの隔地では　新年の二日目の夜
遠く遠く　ゴーッ王国領では
八日目の夜　ようように言伝《カノン》は届き
祭は果てる

「では、今宵再びこの場所で」

ジオレントの大聖堂の祭壇上で、導士長ブコノスはそう言って、午《ひる》の礼拝を締めくくった。人々は立ち上がり、頭布を被り直しながら出口へ向かった。その両脇に立ち並んでいた導士や修道士達は、緊張を解き、汗を拭った。

祭壇を降りるとブコノスは、すぐに控えの間へ下がらず、窓の外を眺め遣った。高台の下に広がる葡萄畑の緑の向こうに、〈神の家〉のくすんだ鐘塔が見えた。

昔は〈神の家〉しかなかったのだ。ブコノスは思った。〈神の家〉に聖者は座し、司巫女は並び座し、御言葉《カノン》は降り注ぎ、人々は祈りを捧げた。

このきらびやかな大聖堂が高台の上に建立され、聖者お一人がここの大鐘楼でのみ、折々の御言葉《カノン》を受けられるようになってから、このタマリンドの聖都《まち》は確かに栄えた。ジオレントは強大になった。世界は豊かになってゆき、人々は自分達の豊かさの象徴として大聖堂を見る。豊かさに感謝するために大聖堂を訪れる。大聖堂で聖者に跪く。神の原初の御言葉たる正典《カノン》は、今も〈神の家〉に保管され、修道士達は〈神の家〉で修養し、四年に一度の大祭の折には〈神の家〉の大扉が開かれもする。けれど人々はもう〈神の家〉では祈らない。聖者も〈神の家〉に下りられはしない、大祭の日より外には。〈神の家〉で大祭が執り行なわれることの意味は忘れられようとしている。幾千年の古の言葉で語られた正典は背を向けられようとしている。

今ここを出て不毛の台地を下ってゆく人々は、〈神の家〉に見向きもしないだろう。真っ直ぐに下ってゆくだろう。〈神の家〉と北の街門の間にある、芝居小屋など掛かった広場へ。あるいは東の王宮前の、馬上試合など行われる広場へと。いそいそと、今年は誰が優勝するかと賭けなぞしながら。

そうして夜になれば、その内の半分程が再びこの丘を昇ってくるのだ。祭りと酒に酔ってしまった人々を下に残して。眠り込んでしまった子供達を家に置いて。聖者の口より直に御《カ》言葉《ノン》を聴くために。〈神の家〉の脇を素通りして。

半分と言えど大した数だ。この栄えあるタマリンドの市《まち》の半分。それに今宵は市外、国外からの客や巡礼や導士達も加わるのだ。実際には数倍もの人々が集うことになろう。信心は失われていないように見えるだろう。ジオレントの国土は狭まり、国境の大河にはジオレントの警備艇や兵に代わって、多国籍交易組合《ギルド》の傭兵が見回りに当たっている今でも、聖なる丘の大聖堂は何も変わっていないように見えるだろう。が、しかし…

「ブコノス様、どうかなさいましたか？」導士の一人が声を掛けてきた。

「いや、何でもない」そう言ってブコノスは首を振り、控えの間へ足を向けた。

導士の方もすぐに自分の仕事に戻った。夜の特別礼拝に備えてやるべきことは多かった。

何せ今宵は夏至。聖者が一昨夜から昨夜にかけて聴き取りになられた御言葉《カノン》が、ここで語られることになっているのだから。今は祭壇だけが少しの花と、導士長の色である赤の布で飾られている、この広い広い礼拝室全体を飾り立てなければならない。聖者のお好みに合わせて、聖者の御色である金と紫を基調にして、聖者の御満足ゆくほどに派手やかに。紫壇と伽羅香の香りも焚きしめなければならない、高い高い天井の隅々にまで。国中から集められた最高級の香料《スパイス》や薔薇の花びらも撒き敷かれなければならない、石の床の隅々にまで。導士達は指示を出し、修道士達を監督しなければならない。今宵はとりわけ、聖者の御機嫌を損ねてはならないのだから。御不審を呼んでもならないのだから。

なのに修道士は年毎に、明らかに減っている。二年目から四年目の修道士の人数は、このだだっ広い礼拝室の用を賄えるに充分とは言えない。年嵩の修道士にも新米のような仕事を言いつけなければならない。若者の気持ちは離れているのだろうか、聖者と大聖堂から？　あるいは、信仰そのものから？　今年は八人の見習い修道士が入ってきた。が、年末まで残ったのはたった一人だ。

ブコノスは控えの間で自分を待っていた、そのたった一人の若者を見つめた。そうして思った。なのに一方では、これ程に凜々しい若者が俗世に背を向けるのか、と。この者の薄い灰青色の左の瞳には確かに、その決意の固さが見て取れる。しかしその決意はおそらくは、惜しいかな淡い亜麻色の髪で半ば隠された右の目に依るものでもあるのだろう。傷で塞がれなどしなければ、どれ程に優れた戦士となれたのだろう。傷さえなければ又、どれ程美しくもあったろう。むろん今も充分美しい。美しいばかりではない。この者の背後には、確かに神の御意思を感じる。かつて銀の戦士フラン・リコー・ゾイアックに感じたと同じ御意思を。戦士となっても導士となっても人々を思う処へ導き、従え行くことの出来る者だ。が、何処へ？　神の僕となりて、何処まで…？

目の前の若者、ゴーツ王国領シア公国の領主フェンネル・二世・シア公爵の長子アルクは、ブコノス導士長の探るようなまなざしには全く頓着する様子もなく、膝を軽く曲げ、両手を差し出した。

ブコノスはハッとして、一つ咳払いをした。赤い略式衣を脱いでアルクに渡すと、代わりにアルクが左腕に掛けていた、前立てと袖口を赤く縁取った白い法衣をサッと取り上げた。そうしてアルクに抗議する暇も与えず素早く羽織ってから、こう言った。

「着せ掛けてくれる必要はありませんよ。貴方を指導した導士にはそう言われたでしょう。が、私は神でも聖者でもありませんからね。貴方方の仕事は神に近付くべく努力することで、先達の人々に跪くことではない、私は、そう思っています」

「そう思ってはいない方々もいらっしゃるのですね」アルクの声に、特別な感情は籠っていなかった。「では私は、どちらに従えばよろしいのでしょう?」唯、腕だけが、帯をブコノスに手渡すべきか自分の手でその腰に巻きつけるべきか、迷うように揺れていた。

ブコノスは帯もサッと取り上げ、手ずから結びながら、逆に問い掛けた。

「貴方は、どちらに従うためにここへ来られたのです、神と、人と?」

「もちろん」アルクは今度は、少し喜びを含んだ声で答えた。「神より他に、どなたに心を預けられましょう。導士長、貴方様と近しく言葉を交わせる機会に、今日まで恵まれずにおりましたことが残念です」そうして、水松《イチイ》の木を削っただけのシンプルな杖を差し出した。

「今日の機会を持てなかったなら、私もまた残念だったでしょう。ですが…」ブコノスは今度は押し頂くようにして、杖を受け取った。「貴方は必ず、ここの修養に年の瀬まで耐えられる、そう思っていましたよ」それから軽く頷き、礼拝室とは反対の側にある扉へと足を向けた。

アルクは物問いた気な顔をしながらも、急いで後に従った。

扉の向こうにはもう少し小さな、聖具室を兼ねた控えの間があった。そこを真っ直ぐ突っ切って、ブコノスはもう一つ扉を開いた。

その先は、アルクには未知の場所だった。唯、その奥に聖者の居室棟へと通じる階段があるのは、聞き知っていた。知っていた筈ではあったけれど、実際には何処へ続く階段も見当たらなかった。

そこは幅広い開廊になっていた。右手は中庭に面していた。その中庭の池に何処からか水が流れ込む微かな囁きの他に、何の物音もなかった。真昼の日差しだけが庭一面に溢れ返って、太い大理石の柱のこちら側にいても目まいがしそうだった。

左手にはこの大聖堂の姿を織り出した壁掛布《タペストリー》が、三枚並んで掛かっていた。向かって左は大鐘楼を正面に見た姿。右は大礼拝室の側から見上げた姿。いずれも色数が少なく地味な印象ではあるけれど、細部まで正確に写し取られていて、かなりの労作だと見て取れた。真ん中の絵は、それらと比べて見れば少し雑な感じで、大鐘楼も描かれていなかった。大聖堂の本堂自体まだ建築中のように見えた。それが葡萄の葉の茶色く変色した向こうに、侘し気に、けれども幾分か品良く佇んでいた。

そうして正面奥には、もっと大きく、もっと厚く、もっと色目も鮮やかに複雑な文様が織り込まれた厚い帳が掛かっていた。聖者の居室棟は、あの向こうだろうか、とアルクは思った。それから帳の脇に立っている聖者らしき姿の彫像を眺め遣った。

「あれは、先代の聖者の御姿です」ブコノスが静かな声で言った。

「これから聖者にお目に懸かるのですか?」アルクも静かに問うた。

「いいえ」ブコノスは首を振った。「今は、まだ。聖者がお休みになっていらっしゃる間は、

〈神の娘〉でさえ、聖者の祈りと眠りを妨げることは許されません」

「〈神の娘〉とは、魔女、即ち司巫女がいなくなった後、聖者の御言葉を戦士達に伝え、武運を祈念したり、〈神の家〉の〈司巫女の間〉を管理するために作られた職ですね。彼女達はそれほど、聖者のお側近くにもいられるのですか」

「聖者がお望みなら」ブコノスは微かに口許を歪めた。「誰も何も阻まれはしません」

アルクは眉を顰め、独り言のように言った。「私はここへ来れば、信仰の理想型に出会えるものと、思っておりました」

そうして、じっと見つめていた聖者の彫像から顔を背け、ブコノスの方を見た。ブコノスは、アルクの次の言葉を待っていた。

「私の国では…」アルクはゆっくりと言葉を探しながら、続けた。「シア公国では、聖者の御姿は見えません。ですから聖者の、更に向こうにおいでまします神の御姿を知りたいと思えば、年に一度か二度、ジオレントから遅れて届く御言葉《カノン》と、古代ジオレント語から翻訳された、古い正典《カノン》に耳を澄まし、目を凝らすしかありません。一般の人々は、そんな面倒なことは、はっきり申して、やりはしません。自国の導士が時々読み聞かせてくれる正典の断片に、儀礼的に耳を傾け、わかったような顔をするだけです。神の、何万年もの昔に、この世界を創られた御方の言葉だから、無視は出来ないと思っているだけなのです。私は、そうしたものは真の信仰ではないと、思っておりました。シアに信仰を取り戻したい。神の真意を手繰り寄せたい。そう願って、ここまで旅して参ったのです。ですが…」

「が…？」

ブコノスは大聖堂の壁掛布《タペストリー》の脇に置いてある長椅子の前へ行き、腰を掛けた。そうしてアルクにも隣に座るようにと、手振りで示した。

アルクは腰を下ろしはしなかった。敬意のまなざしをもって辞退しながら、今日初めて挨拶以上の言葉を交わすこの導士長に、何故か胸の内をすべて打ち明けても構わないような気がしていた。それには我ながら驚いた。けれど僅かにためらった後、こう続けた。

「私はまだ、ここに参って一年にもなりません。ですがそれでも、疑問に感じる点は多々あります。何を問える資格があるとも、ないともわかりません。何故、当代聖者が建て直したというこの大聖堂は、こんなにも壮大で、こんなにもきらびやかなのか。何故、聖者は御言葉《カノン》を密室で、たったお一人で聴かれるのか…あるいは、信仰とは関係ないかもしれませんが、私はかつて戦士だった者として、ジオレントで銀の戦士にお目に懸かれるやもと、期待しておりました。ですが、銀の戦士の消息を先達の修道士達に尋ねましても、一様に不可解な沈黙が返って参ります。どうにか一人の者から、こういう意味のことを伺いました。銀の戦士がここを出て、何処へ行ったかは誰も知らないが、銀の戦士について何か口にするのは、聖者から止められているのだ、と。それがどういう理由に依るものなのか、知りたいと願ってはならないのでしょうか」

ブコノスは奥の帳にチラと目を遣った。その向こうは、こちら側と同じように静まり返っていた。

「銀の戦士は」アルクは重ねて訊いた。「聖者より、最大の祝福を戴いていたのではありませんか？」

ブコノスは腰を上げ、一番左の壁掛布《タペストリー》の前に立った。それを見ながら、ゆっくりと口を開いた。

「背後の庭の、人工の美しさも悪くはありません。水と緑は、心を和ませてくれます。北から来られた方の目には、まだまだ物足りなく映るでしょうが。まして聖堂の外は、何と枯れた、寂しい地かと思われたでしょう。この貧しい土地を、少しでも豊かな場所に変えたいと努力する、それ自体は悪くありません。ですが忘れてはなりません、どんな植物も、花の時期ばかり続くのではない、と。また昨年豊作だった土地が、今年も望み通りの実りをもたらしてくれるとは限りません。休む時、備える時、栄える時、退く時、それぞれを正しく知らねばなりません。人間の営みも、また同様です。自然に、神が創り給うた他の物共に倣うべきです。それが、正典《カノン》に正しく耳を澄ませるということです。それを忘れている者の何と多いことでしょう、シアだけでなく、ジオレントでも…

「ジオレントは我が世の春を、長く謳歌し過ぎていたのかもしれません。それを当然と思い、隣国の犠牲の上に春があるのを、忘れていたのです。それでもピエナ国とイエナ国の要求は、ささやかなものでした、私に言わせれば。国境の大河バイユは、ジオレントの独占状態に、否、支配下にと言った方がよい状態にありました。その河における通商権と、自由通行権、それに七百年程前まではピエナ人の地であった、河から首都タマリンドのすぐ南までの土地と、イエナ人の地であった、東四分の一程の土地、それだけでした。最終的に失ったのは、東五分の一の土地と、河口の貿易港一つを含んだ、大河の支配権だけです。途中で彼等は調子に乗り、タマリンドと王の首まで欲しました。ですがそれは、銀の戦士によって撥ねつけられました。

「銀の戦士は聖都タマリンドを守り、奪われた物は、ピエナとイエナに返してやってよいものだった。貴方は、そう思われますか？　それとも聖者と国王同様、奪われてはならないものを奪われた、否、何物もジオレントの手を離れてはならないのだと、考えますか、砂漠の砂の一粒さえも…？　いやいや、永遠ならざる物を、誰が守り切れましょう。銀の戦士の命とて、女王の力とて、また聖者の栄華とて限りのあるものです」

アルクもブコノスの脇に立ち、壁掛布《タペストリー》の上の大鐘楼を眺めた。その雲より高き先端を斜に見上げながら、言った。

「聖者と国王がつまり、銀の戦士を追放したと…」

「しっ」ブコノスはアルクを手で制し、右端の壁掛布《タペストリー》の方を見た。

その布が揺れ、片側が裏からまくり上げられた。アーチ型の通路が見え、そこから薄紅色《ドーンピンク》の法衣を纏った娘が現れた。薄紅色《ドーンピンク》の絹の靴で、ピンク大理石の床を滑るように二人の方へ近付いて来た。その深褐色《セピア》の髪を肩のところで切り揃えた〈神の娘〉は、ブコノスの前で立ち止まり、頭を下げた。

「この方が、シア公国よりいらした方ですね」そう言いながら彼女は、アルクの顔を見上げた。そうしてポッと頬を赤らめた。

アルクの方は娘の熱い視線を受けても、その冷たくも見える灰青色の左の瞳に何の表情も表さなかった。

おやおや…ブコノスは胸の内で吐息をついた。傷は彼の魅力に、何の影響も与えてはいないようだが、彼の方は、魂が神の御計画の中にすっかり絡め取られているようだな。今はだが、彼女にも〈計画〉の方に専念してもらわねば。

ブコノスは娘に頷き掛けた。「聖者よりお呼びがありましたか?」

「いいえ」娘は慌てて、ブコノスを見た。「まだお休みでしょう。ですがそろそろ、居室棟の方で控えていた方がよろしいかと思いまして。導士長は、下へ参られますか?」

　ブコノスが再び頷くと、彼女は真ん中の壁掛布《タペストリー》に近付いていった。それをまくり上げると、こちらには通路ではなく、真っ白い壁があるだけだった。けれど彼女はその壁を数か所コツコツと叩いてから、両手でグッと押した。扉のように壁の一部が動き、音も殆ど立てず向こう側へと開かれた。そこは薄暗い、物置のような場所だった。少し先に下りの階段があるのが、かろうじて見えた。

　ブコノスは壁掛布《タペストリー》の脇の壁から灯火《ランタン》を二つ外し、火を点けると、一つをアルクに差し出した。それから娘に向かって「また、のちほど」と言った。

「もしお二人が戻るより早く、聖者がお目覚めになられたら…」娘は真剣なまなざしでブコノスを見返し、答えた。「階段には気を付けられますよう、申し上げますわ」

　アルクが怪訝な顔で二人を見た。けれどブコノスは彼に何を問う暇も与えず、暗がりの方へと背を押した。


　この階段は何処まで続くのだろう。アルクは思った。私は何処へ行くのだろう…迷いから抜け出たいと、ジオレントに来た筈が、どんどん迷路の奥へ迷い込んでゆくようだ。今日は、見習い修道士としての最後の仕事が課せられる、そう聞いていたのに。だから今朝、導士長が直々に自分の部屋へやって来て、今日一日付き人を勤めるよう言われた時も、まあ、多少驚きはしたけれど、仕事の性質を疑ったりはしなかった。与えられた仕事を黙って果たしおおせれば、晴れてこの身から〈見習い〉の三文字が取れる、一日の終わりには、聖者より洗礼名を授かり、一歩、神に近付くんだ、そう思っていたのに。なのに、どういうことだ、これは？　これは夏至の日の特別な仕事なのか。それとも、夏至の日にすら通常は行われないような仕事なのか。後者なら、導士長は何を企んでいる？　いや、それでは言い方が悪いかな。この方に悪感情は全く感じないのだから。悪い予感もない。悪い予感はないけれど、けれどこの、何か落ち着かない感じは、それでいて向かうべき処へ向かっているような、この妙な感じは何なんだ？

左右を壁に挟まれた狭く暗い階段は、始めはやや急傾斜で、徐々に緩やかに、けれどひたすら下っていた。地の底へ落ちてゆくようで、落ち着かないのはそのせいかとも思った。

「何処まで降りるのです？」そう口に出して訊こうとした時、突然光が戻ってきた。小さな木の扉が開かれ、表に葡萄の木々が、その向こうに煤けた石壁が見えた。〈神の家〉の小礼拝堂の横手の壁とわかった。二人は、葡萄畑の中の作業小屋から出てきたのだった。

「こんな所に…」

それ以上口に出来ないうちに、アルクはブコノスに急かされ、畑の中を横切った。水路に掛かる小さな橋を渡り、小礼拝堂の扉の前に立つと、蔓苔に覆われた厚い木の扉は音を立てて、内側から開かれた。そうして彼等が入ってゆくと、すぐにしっかりと閉められた。

彼等を迎え入れたのは、天空色《セレステブルー》の法衣を纏った二人の導士だった。彼等の顔に、アルクは見覚えがあった。まだ見習い修道士がアルクを含めて八人いた頃、共に指導官を努めていた。小柄な導士の方は洗礼名をマリス、錆色《ヘンナ》の瞳をしたもう一方はドイリーと言ったと記憶していた。

特にマリスの方は、親しく口を利いたりしなかったにも関わらず、妙に強く印象に残っていた。彼はアルクの仕事ぶりや行動に、特別の関心を持って見つめているような気がしていた。浅黒い肌と黒っぽい髪はジオレント人と変わりなく見える。彫りの浅い童顔で、大河のすぐ南西のイエナ人とわかるのだと、ジオレント人の見習い修道士が教えてくれた。その言い方に見下したような調子があったと、ふとアルクは思い出した。

二人は一歩進み出て、ブコノスに挨拶した。そうして導士マリスの方が口を開いた。

「お待ち申し上げておりました。聖者の御様子は？」

「まだお休みでいらっしゃいます」ブコノスは軽く頷いて答えた。「こちらの準備は？」

「万端整っております。御言葉《カノン》の方も私が接触したばかりですので、容易にお聴きになれましょう」そう言ってからマリスは、アルクに顔を向けた。

「今、御言葉《カノン》とおっしゃいましたか」アルクは戸惑いながら尋ねた。「貴方がお聴きになると…？」

「私だけではありませんよ。今この場にいる者は皆、聴けるのです」そこでマリスは一寸言葉を切り、アルクの瞳を覗き込んだ。「貴方も含めて」

「わ、私が…？」アルクは驚きで、その先の言葉も考えられなかった。唯、全く常ならぬことが行われようとしているとはわかった。自分がもうそれから逃れ得ない、とも。

「事前に何も知らせなかった点は、お詫びします」ブコノスがアルクの右手を取って、静かに言った。「我々の計画は、全く秘密裏に行われなければならなかったのです。貴方が計画に欠かせぬ人間であるとは、最初に貴方を見た時からわかっていました。導士マリスも導士ドイリーも、暫く貴方を観察した後、私に賛同してくれました。ですが我々は些かも不自然な形で、貴方一人に接触は出来なかったのです。神がその見えざる手で、何のために貴方をここへ御導きになられたのか、しかし今この場所で、神御自ら貴方に語ってくださるでしょう」

そのままブコノスは、アルクを祭壇へと導いた。

アルクはその前で、一歩退いた。そうして無意識に腰に左手を当てた。そこに剣はなかった。見習い修道士となったその日に、〈神の家〉に預けたのだった。剣に触れない日々にもすでに慣れた筈だった。剣はもう必要ない筈だった。否、もう捨てた筈だった。なのに今、手に剣の感触を得られないことが、アルクを一層不安にした。

マリスが小さな水盤を手にして、二人の方へ進み寄ってきた。けれどブコノスは彼を手で制し、アルクの方を向いたまま再び話し掛けた。

「先の貴方の疑問にお答えしておいた方がよさそうですね。全て貴方の疑問は、アルク、正当なものです。御言葉《カノン》も権力も富も、聖者とジオレントが独占すべきものではないのです。〈正しき御言葉《カノン》が〉降りる場所も、大聖堂ではなく、ここなのです。〈神の家〉の、正にこの礼拝堂であるべきなのです。私達は、かつての秩序ある世界に還らねばならないのです。御言葉《カノン》を聴き、護る導士がいて、〈気の力〉を操り護る司巫女、即ち魔女がいて、両者を束ねる聖者がいて、正しく秩序《バランス》の保たれていた千余年の昔…そっくりそのまま取り戻すなどは不可能ですが、今の世界の歪みを放っておいてはなりません。歪みの元は矯されねばならないのです。

「ここから司巫女が欠けた後、当時の聖者が導士との力のバランスを取り直さんと、御言葉を受ける場所を他へ移し、御自分一人で聴こうとされた、それ自体は間違っていなかったでしょう。魔の女王も又、同じように〈魔の国〉でやっておられると聞きます。ですが魔女達は、今でも〈気の力〉を失っておりません。我々導士との違いは何なのでしょう。何故導士は、歴代聖者に促されるまま、義務を捨ててしまったのでしょう？

「人間は、一つ何かを独占すれば、更に次の物も欲しくなります。次の物も手に入れれば、他にも何でも、自分の手元に取り寄せられるものと思ってしまいます。そうすれば、義務など何ほどのものでもないと、富と交換に誰かにくれてやってもよい物になってしまうのです。聖者とて、例外ではありません。そうして聖者が多くを独占しているのを見れば、その下の者共とて、本来神に属すべき土地や河を、自分達の持ち物と錯覚しても無理はありません。銀の戦士を戴く国であれば、もっと多くを所有して当然とさえ思っていたかもしれません。ましてジオレント本土が戦場になったことなど、ここ七百年絶えてなかったのですから。ですが…」

「ですが、今や河の独占は崩れました！」マリスが強い口調で、後を引き取った。「今こそチャンスなのです。正典《カノン》の独占も又、崩されねばならぬと、今がその時と、神が仰せなのです。アルク、今はどうか我々を信じていただきたい。瞑想のやり方はお教えしましたね。心を無にしていればよいのです。神の方から貴方の頭上に、御声《カノン》を降り注いでくださる筈です」

そう言うと、アルクとブコノスの間に進み出てきた。

アルクは彼の手に乗せられた水盤を見つめた。澄んだ水の面に、ジオレント・オレンジの真白い花びらが浮かんでいた。それからマリスの顔を見た。決意と緊張に頬が紅潮していた。

けれど瞳は闇夜の如くに黒く、深く、自信と落ち着きとを宿していた。

顔の右半分を隠していた髪を、アルクは両手でかき上げ、そのまま長衣《ローブ》の頭巾《フード》を背に落とした。その手をゆっくりと下ろし、水盤の水に浸した。


水の中から手を抜きながら、シダーは馬車から降り立ったばかりの女の顔をじっと見ていた。妖精広場の東の端にその馬車が到着し、扉が開いた途端、彼は驚いて噴水の礎石に躓いてしまったのだ。

「何遊んでるんです?」隣に立っていた配下の射手が、苦笑いした。

けれどシダーは彼の方を見もせず、真顔で呟いた。「遊んでるだけならいいんだけどな」

その女の顔にシダーは見覚えがあった。実際には女はマントのフードを目深に被っていたし、サンザシの植え込みと噴水に隔てられた位置にいては、鼻から下の横顔が見えるだけだった。それとフードから少しはみ出した黒い髪だけで、けれど彼には確信出来た。そうして何故か胸騒ぎを覚えた。

何故だ? シダーは自分に尋ねた。ソラ国の第二夫人御一行を待っていたところに、前駆けの馬と使者の馬車だけがやって来たとして、まあ、さして不思議なことじゃない。肩透かしされたような気にはなるけれど。そして馬車から降りてきた使者達の一人が、半月程前にソラ国王からの伝言を携えて、もっとひっそりとやって来た馬車から降りたのと同じ女だったとして、それも別に変なことじゃあないよな。彼女は第二夫人の女官なんだろう。あるいは第二王子の教育係か何かか…黒髪に緑の瞳の女がそんな地位にいるなんてのは、ちょいと驚きではあるけれど、あり得なくはない。じゃあ、何だ？　あの夜のことか？

半月前、セノクとキャナリーを含めた剣士の半分近くと、射手の四分の一と槍騎兵の三分の一は、小競り合いを納めるため国境にいた。そんな時ゆえ、ソラからの使者一行は殆どの人間には来訪自体知らされぬまま、丸二日間宮廷に滞っていた。

その二日目の夜、シダーは夜警の任に就いていた。シア宮、つまり二つの塔を持つ新館の裏手には、樅や檜の森にそのまま続く木立ちがあった。その外れまで一人でやって来た時、手前の塔の傍に二つの人影を見た。顔はよくわからなかった。月はシア宮の反対側に隠されていた。それでもシダーは木々に隠れるようにして、そっと近付いていった。すると枝々のさやぎの向こうから、低い男の声が聞こえてきた。誰あろうそれは、フェンナー公の声だった。それに応える女性の声には聞き覚えがなかった。日頃公爵の周辺にいる女ではなかった。公爵の声も妙に穏やかで、優し気だった。

新入りの女官にでも手を付けようってのか？　フェンナー公もお好きだねえ…そう思って

シダーはその場を離れようとした。その時、二人も壁際から離れて歩き出した。一瞬、塔の小窓から仄かに漏れる明かりが女の顔を照らした。仄かにではあったけれど、シダーは視力の良い射手達の中でも、一番か二番に目が利くのが自慢だった。緑の瞳と、美しい顎の線がはっきり見えた。キャナリーに何処となく似ている、そんな気がした。

その緑の瞳の女が、歩きながら何事か囁いた。それは聞き取れなかったけれど、公爵の返事は、辛うじて半分ほど捉えた。

「それが条件で…銀の戦士を引き止めておけば…お易いことで…」

そうして二人は、シダーから遠ざかっていった。

そうだあの時も、何か落ち着かない気がしたんだ。シダーは思った。そうだ、あの言葉だ。銀の戦士を引き止めておく、だと？　あの女、あの時何故、銀の戦士がここへ来ると知ってたんだ？

シダーは先刻自分を笑った射手にその場を任せ、シア宮の正面階段の方へ駆けていった。正面階段の周辺を、少なからぬ数の剣士達がぶらついていた。彼等はソラの第二夫人御一行の出迎えのために呼び出されながら、その到着の遅れを伝える使者だけのためには必要ないと、公爵から突然袖にされて、空いた身体を持て余していた。その一団から離れて宮殿の内へ戻りかけていたクートは、シダーが近付いてくるのを見て、足を止めた。

シダーは少し離れた柱の陰で立ち止まり、手招きした。

クートは素早く駆け寄り、小声で言った。「何やってんだ、持ち場を離れて？　ソラの使者が…」

「使者の出迎えが一人くらい減ったって、どうってことないだろう」シダーは相手が剣帯を持ち帰ろうと、何を持ち帰ろうと変わらず、親友には親友らしく口を利くべきだと考えていた。「本隊の到着は夕刻になるだろうって、前駆けの戦士がセノクに言ってたぜ。剣技会の時間も、ずらさなきゃならないかもな。それより一寸気になることがあってな。何か嫌な予感がするんだよ。お前が帰国してくれててよかった、ってことにならなきゃいいんだけど…」

クートはシダーの顔をまじまじと見下ろして、呟いた。「お前の予感って、当たるからなあ…その上、リーンも…」

「リーンも…？」今度はシダーがクートの顔を覗き込んだ。「お前の伴侶《かみさん》が何だって？　魔女の予感なら、俺のより確かだろう」

クートは辺りを見回した。妖精広場は静かだった。昨夕は貴賤老若入り乱れてごった返していた場所は、今は休息を取っているかのように見えた。幾人かの宮廷人達が夕刻からの催しものに備えて立ち働いているばかりだった。一般民衆は下方のフェンナー広場で思い思いに楽しみながら、ファサードの門が再び開かれ、剣技会の始まりが告げられるのを待っている筈だった。そうして周囲の剣士達の目はどれも、ソラの馬車の方を向いているようだった。

　クートが宮殿の手近な入り口の方へ黙って歩きだすと、シダーもすぐ後に従った。

「リーンの〈気〉は、弱いんだ。けれど彼女の母親が、魔の国から〈警告の気〉のようなものを送ってきているらしくて…」そう言いながらクートは、先に立ってどんどん奥へと入っていった。シア宮のホールを斜めに抜け、妖精宮に繋がる階段室を上がっていった。

「何処まで行くんだ？」シダーが尋ねた。

「リーンが、母親からの〈通信〉をちゃんと受け取るには…」クートは立ち止まらずに、答えた。「猫の手を、いや、猫の〈気〉を借りなきゃならないらしいんだ。それで、キャナリーの猫が適任なんじゃないかと思ったのさ。魔の国から来た猫の子孫だからな、アイツは」

「キャナリーの猫って、どの？　あの灰色の…？」

　その時、当のキャナリーが妖精宮の方から走ってきた。そうして階段を駆け下りながら、噛みつかんばかりの勢いでクートに詰め寄った。

「リコーは何処？」

「何だって？」クートはキャナリーの肩を掴んで、押し止めた。「リコーが、どうかしたのか？　それにリーンは…？」

　キャナリーは後ろ向きに一段上がって、大きく息を吐いた。

「ああ、ごめんなさい。リーンは大丈夫。私の居間にいるわ。クート、貴方は彼女についていてあげて」それからシダーの方をチラと見て、「一緒にリコーを捜して、シダー！」そう言うが早いか、入り組んだ階段室を飛ぶように駆け下りていった。

階段を下りてくる。誰が？　あれは、誰だ？

アルクは目を凝らして、その姿を確かめようとした。その顔はけれど、霧にでも遮られたように、判然としなかった。法衣のような長衣《ローブ》に包まれたその身は、自分のようでもあり、他の修道士、あるいは導士のようでも…いや、あれは色が違う。紫の衣…ではあれは、聖者なのか？

そう思った瞬間、人影は足を滑らせ、アルクの目の前を視界の外まで、転がり落ちていった。階段も又、後を追うように崩れて、落ちていった。

目を上げると、噴水が勢い良く水を吹き上げていた。六角形の礎石。大きな花弁の上に座す妖精像…シアの宮廷の噴水だった。その水飛沫の向こうに、剣を構えた人影があった。これも顔はわからなかった。誰だ？　アルクは呼び掛けようとしたけれど、声は出せなかった。

誰だ？　左利きのキャナリーではない。いや、あれは女性ではない。広い肩幅は、セノクでもない。フェンナー公？　いや、シアの戦士ではない。着衣が、シルエットが違う。それに深く、全く隙のない構え。見慣れない形の柄頭。銀色に光る…銀色？　まさか、銀の戦士？　何故、シア公国に…？

銀色の剣が水平に振り抜かれた。水が切り裂かれ、飛び散り、人影も又崩れて、散ってしまった。

水はアルクの上にも散り掛かってきた。バラバラと、木の葉や草々にも水の落ち掛かる音が聞こえた。見上げると、密に茂った森の中にいた。雨が降っていた。いや、違う、降っているのは…

アルクは耳を澄ました。水の音と思ったものは、人の声だった。誰か女性の声が、彼に呼び掛けていた。

周りを見回すうちに、森の奥から黒髪を長く腰のあたりまで垂らした女性が現れた。両手に剣を捧げ持っていた。顔ははっきりしなかった。キャナリー？　アルクは喉の奥でそう呼んでみたけれど、やはり声は出せなかった。

女性は無言で剣を差し出した。剣は銀色の〈気〉を放って輝いていた。

その輝きに、アルクは思わず目を覆った。そうして全ては闇に沈んでしまった。

目を開けると、誰かが覗き込んでいた。その頭のずっと上の方で、金色の雪が舞っていた。一瞬そう思ったのは、高い天井近くに設けられた小窓から差し込む光の中で、踊っている細かな塵埃だった。アルクは小礼拝堂の冷たい石の床の上に横たわっていた。

ゆっくりと半身を起こすと、背筋がゾクッとした。シャツが濡れて、背中に張りついているのがわかった。麻と、カラムシというシアでは知られていない植物の繊維で織られたそのシャツは、初めて経験するジオレントの暑い熱い真昼にも、不思議とサラリと快適さを保ってくれていた。なのに今は、戦闘の後のような不快感があった。止めどなく流れ続ける汗と、首を締めつけるようにへばりつく髪。武具を取っても取り去れない熱気と震え。そうして興奮と、脱力感…忘れていた筈の感覚が蘇ってくるようだった。

正面に導士長ブコノスと導士ドイリーが立っていた。

すぐ脇には導士マリスが膝を突いていた。「何を見ましたか?」そう言いながら、小さなお茶のカップを差し出した。ツンと鼻を刺すローズマリーの香りがした。神経を目覚めさせてくれる香りだ。

それを一口で飲み干すと、再び目の前に銀色の剣が現れ、すぐに消えた。カップを返しながらアルクは、三人の誰にともなく言った。

「あれが、神の声《カノン》ですか？　あれにどういう意味があるのでしょう。とりとめのない夢のような場面ばかりで…何故、銀の剣が…」

銀の剣という言葉に、マリスがハッとしたように立ち上がり、ドイリーと顔を見合わせた。

ブコノス一人、表情一つ変えずに問い掛けた。「銀の剣と、それから何を見ました？」

アルクは立ち上がり、見たもの全てを語った。

聞き終えるとブコノスは、ドイリーの方を振り向いて、頷いた。

ドイリーは両手に持っていた衣を、ブコノスに渡した。それは最初の三年間の修養を終えた修道士が纏う淡青色《ホライゾンブルー》の法衣だった。

アルクは自分の身体を見下ろした。身につけていた筈の淡灰色《ダブグレー》の簡素な長衣《ローブ》は、いつの間にか脱がされていた。

ブコノスは新しい衣を手ずから、アルクに着せ掛けた。それから右手のひらを差し出し、こう言った。「修道士シオン、今日より貴方は、この名で呼ばれます」

「シオン…」アルクはその手のひらに、自分の右手を重ねた。「洗礼名シオン、謹んで頂戴いたします」

本来タマリンドの大聖堂に於いては、洗礼名を授けるのは聖者一人の役目となっていた。

それはアルクもよく知っていた。なのに今は、導士長から洗礼名を受けるのに何の違和感もなかった。むしろ自然なこと、こんなに早く淡青色《ホライゾンブルー》の法衣を纏うのさえ、当然のことと感じられた。

満足気に頷くとブコノスは、次にマリスを見た。

マリスはブコノスの後方に掛かっていた黒いカーテンの向こうへ入った。そうしてすぐに、一振りの剣を手にして出てきた。

アルクはハッとした。鹿皮の鞘に丁寧に打ち出され、彩色された、白いキスタスの花の紋章。それは彼の剣だった。

「神の御意思《カノン》によりて…」ブコノスは剣を両手で捧げ持ち、アルクの方へ差し出しながら言った。「貴方の剣をお返しします。剣士アルクと修道士シオン、貴方はそのどちらでもある者なのです。又それが、我々の計画に必要なことでもあるのです」

「神の御意思《カノン》…」アルクは手を伸ばしかけ、ためらった。「ですが私は、もう剣は…」

「昔と同じに扱えますとも」マリスが微笑み掛けた。「右目を気にする必要はありません。剣を預けた時の誓いも忘れなさい。今や貴方は、〈気〉に目覚めたのですから」

「どうぞお取りなさい」ブコノスも言い添えた。「迷っている暇もないのです。我々はすぐに行動に移らなければなりません。信じるのです…」

その時、小礼拝堂の扉を叩く音がした。

返事も待たず、扉が細目に開いた。導士が一人、滑り込むように入って来て、素早く閉ざした。そうして二、三歩近付いて来ると、長身を折り曲げて挨拶した。

マリスがそちらへ近寄って、問い掛けた。「お目覚めになられましたか?」

「はい」相手は頷き、針のように細いその身体に似つかわしい高い声で答えた。「目覚められ、寝室から居間へと下りる階段より、転落なさいました」

アルクの目の前に、今し方見た聖者らしき人物の転落シーンが蘇った。自分の心臓の音が聞こえるようだった。

「それで?」ブコノスが先を促した。

「ブコノス様がお聴きになられた御言葉の通りです。足を捻挫なさいましたが、お元気です。唯、相当に腫れていますので、それを口実に居間で横になっていただいております。神の娘達が居間の内外で張っておりますが、皆様も急がれた方がよろしいかと…」

ブコノスは頷き、アルクを見つめた。他の三人もそれに倣った。

アルクは一つ深呼吸すると、手を伸べ、剣を掴んだ。

それが合図のように、皆は一斉に法衣の襟元を正し、小礼拝堂を出た。

真上にあった太陽はいつの間にか、斜めに光を差し掛けていた。アルクは眩しさに目を細め、顔を落として、足元に伸びる影を見た。そうして思った。聖者は、私の憧れだった筈なのに、何時から……

何時から聖者は…息を切らしながら秘密の階段を上ってゆくブコノスも又、胸の内で思った。私の憧れでなくなったのだろう。私の父の友人であり、良き隣人であった青年。神に近付くことだけを目標としていた、真摯な修道士。彼を追って、私はここへ来たのに、神が我らに与え賜うた〈神の家〉へ。決して大聖堂へではない。決して天をあざ笑うが如くに高く、過ぎる程に燦然と輝き建つ大鐘楼を建立して、悦に入るような者を追ってきたのではない。そのために手段を選ばず、金品をかき集めるような者を、目標としてきたのではない。

一体何時から、あの方は民衆を見下し、他人を妬むようになってしまわれたのだろう。そうだ、私は知っている。あの方自身が認めなくとも。聖者は、銀の戦士を妬んでおられた。銀の剣の、国王と国民に及ぼす、多大な影響を恐れておられたのだ。一千余年前の聖者が、司巫女を恐れたように。そうだ、聖者の恐れが、この世の秩序《バランス》を崩したのだ。矯されねばならないのだ、私の憧れを打ち砕かねばならないのだとしても。正典《カノン》に誓って……

「誓ってもよろしい、聖者がこの時間になってもまだ、お目覚めにならないとは、何か悪いことが起こっているのです」

聖者の居室棟へ続く帳の前には、今や静寂はなかった。〈悪いこと〉を確認するためにやって来た三人の導士と、それを阻止しようとする二人の〈神の娘〉が押し問答していた。

そこへブコノスの声が割り込んできた。「悪い予感とは、三人もの導士が勝手に礼拝室を抜け出さねばならぬようなものなのですかな?」

導士長の水松《イチイ》の杖と白い法衣を目にするや、双方は帳の右と左にサッと分かれた。

娘達はホッとしたような顔を見せた。アルクには、そのどちらかが先刻ここで会った娘なのか、どちらもそうでないのか、判然としなかった。同じ衣装、同じ髪形、そうして聖者に選ばれた娘達は、どの娘も同じような顔つきをしていた。

導士達の方は一様に、見える筈のないものを見たような顔をしていた。彼等は三枚並んだ壁掛布《タペストリー》の、真ん中の布の後ろには壁しかないものと思っていたようだった。その壁の中から突然導士長が、続いて三人の導士と一人の修道士が現れて、特に大柄な二人はかなりまごついていた。そうしてもう一人の最年長らしい、浅黒い顔をした中年の導士の顔を伺い見た。

「これは、ブコノス様」その最年長の導士が一歩前へ出て、導士長に向かって頭を下げた。

「意外な所から出現なさいますな。そのような人知れぬ場所で、何をなさっていらしたのですか?　貴方ほどのお方がこのような日に、陰でコソコソする、どんな理由がおありなのでしょう?　〈神の娘達〉にまで何やら、私の存ぜぬ指示まで出しておられたようですし。後ろのお三方も、かなり高位の導士ではありませんか。それも日頃、聖者に批判的な者ばかり従えて…一寸、お待ちください。その者は…」

　彼の顔から、皮肉るような表情が消えた。頬が緊張に引き締まった。その目はブコノスの背後で導士達に守られるように囲まれ立つ、アルクに向けられていた。

「その者は、一年目の修道士ではありませんか」彼はアルクから導士達に、次に〈神の娘達〉に視線を移し、最後にブコノスを見た。「どういう事です、これは？　何故あの者が、淡青《ホライゾン》色《ブルー》の法衣を纏っているのです？　何故、剣を手にしているのです？」

「何故なら」ブコノスは深く鋭い焦げ茶色《バーントアンバー》の瞳で相手を見すえた。「この者は、剣士にして修道士アルク・シオンは、神に選ばれし者だからですよ、導士ビーノ」

「シオン、ですと？」ビーノと呼ばれた導士は、仲間達と顔を見合わせた。「その者は何時、洗礼名を授けられたのです？　神に選ばれた者とは、一体、何を言い出すおつもりです？」

「神がそう告げられたのですよ、私に」そう言いながらブコノスは、真っ直ぐ帳に向かって進んでいった。「その御言葉《カノン》を聖者にもお伝えすべく、こうして参ったのです」

「御言葉《カノン》ですと？」その行く手をビーノは、手にしていた白檀の杖で遮り、語気鋭く言った。

「貴方が神の声を聴かれたと…？　ハハッ…何の冗談…否、否、冗談事ではありませんぞ。神と聖者への侮辱ですぞ、それは。聖者より他に御言葉《カノン》を聴ける者はおりませんし、〈聴く者〉即ち聖者をお選びになれるのは、神だけなのですから。ブコノス様、そのようなたわごとを、聖者にまでお聞かせするとおっしゃるのですか？」

「お聞かせせねばならないのですよ」ブコノスは落ち着いて言葉を返した。「神の声は本来、能力ある者なら誰にでも聴ける筈のものなのですよ。ビーノ、貴方はかなり勘の鋭い人です。自分にも出来るのではと、疑ってみたことはありませんか？　神の囁きのようなものを、何かの拍子に感じたことはありませんか？　それとも、聖者が投げ与えてくださる富の配分の方に、関心がおありですか？」

「な、何ということを…！」そう言ってビーノは、杖を持ち替え、先端をブコノスの胸元に突き出した。

〈神の娘達〉の一人が小さく悲鳴を上げ、彼等の方へ踏み出そうとした。

けれどブコノスは、娘達に向かって言った。「貴女方は、先に聖者の居間へ」

娘達は帳をまくり上げ、奥へと入っていった。それをビーノの仲間の導士二人が、追ってゆこうとした。

「シオン」と、ブコノスが声を掛けた。

アルク・シオンは素早く飛び出してゆき、帳の前で立ちはだかった。そうして二人の前に、鞘に納めたままの剣を突き出した。

一人の導士がその身体に見合った太い杖で、剣を押し退けようとした。アルクは皮の鞘の先で、その導士のみぞおちを一突きした。相手は後ろに数歩よろめき、もう一人の導士にぶつかった。

二人は色めき立ち、同時に杖を振り上げて飛び掛かろうとした。アルクは一方の杖を簡単に打ち払った。もう一人からはサッと身を躱しざま、片脚を出した。足元を掬われる格好になって相手は、顔からまともに、大理石の床に倒れ込んだ。

ブコノスの背後の導士達の間から、押し殺した笑いが漏れた。

「申し訳ありません」アルクは表情一つ変えず、倒れた導士に手を差し伸べた。「出来る限り剣は使いたくなかったものですから」

それを聞いて、ビーノが眉をつり上げた。そうして口を開こうとした。

けれどブコノスの方が、先にこう言った。「貴方方もビーノ、ご一緒に来られてはいかがです？　聖者の住まいでご覧になれるでしょう、正しき神の御意思《カノン》を」そうして昂然として、彼の脇を進んでいった。

アルクは剣を脇に納め、帳をまくり上げた。

ビーノ等三人は、ブコノスだけでなく従う三人にも、何か厳然とした、触れ難い様子を感じた。気おされ、思わず顔を見合わせた。

クートとリーンは、ハッとして顔を見合わせた。

すでに敷居の外に片足を踏み出していたクートは、廊下の向こうからキャナリーの教育係レンが歩いてくるのを見た。後ろからついて出ようとしていたリーンに、部屋の中へ戻るよう手振りで伝えた。そうして外から扉を閉めていると、レンの声が飛んできた。

「まあ、クート・ハランド、こんな所で何をしておられます？」

クートが言い訳を考えている間に、閉まり切っていなかった扉の隙間から子猫が飛び出してきた。そうしてレンの脚の間をすり抜けてゆこうとして、ピンと立ったミルク色の尻尾をドレスの裾に引っ掛けてしまった。そのまま後ろに引っ張られるように、レンはお尻から倒れ込んだ。

子猫は「ムギャッ」とひと鳴きすると、廊下の果てまで一気に駆けていってしまった。

レンは顔を真っ赤に染めながらも、素早くむき出しになった脛を引っ込めた。それから一つ咳払いすると、膝を突いてオーバースカートを引っ張りながら、腰を持ち上げようとした。

クートは笑いを必死で噛み殺しながら、彼女に手を差し伸べた。

「何て猫でしょう！」そう言いながらレンは自力で起き上がり、クートを睨みつけた。

「あの猫も…」クートは無視された手で、頭を掻きながら言った。「キャナリーを捜してるんでしょう。私も捜しているのですが、あー、フェンナー公の急ぎの御命令で。でも、ここにはいませんね。貴女は、ご存じじゃありませんか？」

「マリエ様は、こちらにいらっしゃらないのですか。いらっしゃらないのに、お部屋の内を覗かれるなんて、まあ、何てことでしょう！　御兄妹同然のお方であれ、どなたの御命令であれ…公爵が誰にでも、何でもお許しになるから、宮廷の中が乱れ放題になるんですわ、全く！」それだけ言うとレンは、クートに背を向けて歩き出した。歩きながら、独り言のように続けた。「夕刻までに、昨日のドレスをお着せしておけとの公爵の御命令ですのに、どちらにおいでやら…何てことでしょう」

けれど数歩行った所で立ち止まり、彼女は再びクートを振り返って、言い足した。「マリエ様を見つけられたら、すぐに化粧室の方へお連れください。よろしいですね」それからもう一度スカートの襞を直すと、背筋をシャンと伸ばして立ち去っていった。

その後ろ姿を見ながら、クートは思った。いやいや、レン、公爵はそんな甘い御方ではないでしょう。私にもしゴーツ人の血が半分流れていなけりゃ、あの事故《アクシデント》の後、すぐにも宮廷から放り出されていましたよ。ましてここに、マリエ・キャナリーの私室にまで戻ってくるなど、とても叶わなかったでしょう。宮廷の中枢はゴーツ人で固められているのだから。その一方、周辺部ではゴーツ人にもバーリ人にも、ほぼ同等の権利と振る舞いを認める。兵士はゴーツ三、バーリ六、他国人一の割合を崩さない。国民の前では、御自分の剣帯は殊更に強調しても、ゴーツ人であることは強調なさらない。ま、強調しなくても、あの真っ青な瞳と輝く金髪だけで十分だけれど…とにかくそれらは、フェンナー公の賢明さの証しだと思いますよ。だからこそゴーツ王も、この公国を半ば独立した国として認め、公妃とその周辺からの時折の報告だけで、満足しておいでなのじゃありませんか？　だからこそバーリ人も、現状に満足し、フェンナー公を熱狂的に支持しているんでしょう？　貴女だって内心は…

…ああ、もちろんレン、安易にここへ近付くなと言う、そのもう一つの意味もわかっていますよ。あの娘《こ》はもう、子供っぽさの残る十七歳の少女剣士じゃあない。キャナリーは私が変わってなくて嬉しいと言った。だが私はキャナリーが変わっててくれて嬉しい。驚いてもいる。そう、妹扱いは今日でおしまいにしよう。あの娘はもう、一人前の戦士の顔をしている。その上恋までしているようだ。そう、たぶん、強い戦士への憧れの延長でなく、現実の男を愛せる〈女〉になっちまってる。たった二年で…だけど、リコーは…？

　そんなことを思いながらも、実のところクートは、未だ必死で笑いを堪えていた。そうしてレンの姿が見えなくなり、足音も聞こえなくなると、声を上げて笑い出した。

　と、後ろから肩を叩かれた。

「どうかしたの?」リーンが灰色の猫を抱えて、立っていた。「笑い転げてる場合じゃないでしょう?」

笑い声が耳に痛かった。

シアの宮廷は相変わらず陽気だわ、とアミは思った。でも今日はお祭りなのね、世界中何処へ行っても。夏至の祭り。一年の最後の日。砂漠では聖者が、森では女王様が神の声《カノン》に耳を傾ける日。普段は神の存在など気にもかけないゴーツやソラの人々まで、俄か信者になる日。信心深いジオレントの人々が羽目を外す日。フラン・リコーが年に一度だけ、私を脅してでも大聖堂へ行かせようとした日…

フラン・リコー、貴方の居場所なら察しがつく。貴方は自分のことしか知らない。でも私は、貴方のこともわかってる。

シア公爵が本当に貴方を引き止めておいてくれるとは思わなかったわ。公爵には公爵の打算があるのでしょうけれど、宮廷の中で剣を振り回すことにでもなれば、かえって…ああでも、ここまで来てしまった以上、引き返せはしないわね。ソラでも計画は、あっけないまでに順調に運んだのだし。第一夫人が主催する夏至祭から逃げ出すことを、第二夫人に承知させるのは簡単だった。ソラ王は自分の忠実な護衛官だった男の娘を、私をよく覚えていてくださった。第二夫人の女官長が折よく病気になってくださっていたのも、幸いだったわ。大丈夫、このまま全ては上手くゆくわ。

フラン・リコー、貴方はその剣を私にだけは渡さないと言った。女王に返すのだからと言えば、私が諦めるとでも思ってるのなら、やはり何もわかってないのよ。私は剣が欲しいばかりじゃない。奪いたいばかりじゃない。ちゃんとお返しも差し上げるわ。私の憎しみを、私の心の痛みを受け取ってくれなくてはいけないわ、貴方は。

目の前で帳がサアッと開かれた。物思いを遮るように手が差し伸べられた、公爵の。

「あの女《ひと》、ずっと一緒でしたわ、公爵と」

広間へ入ってゆく一行を見送りながら、公妃エリカは、息子セノクの背中に話し掛けた。

セノクは足を止めて、振り返った。「驚くじゃありませんか、母上。中に、父上のお側にいらっしゃるかと思っていましたのに」

「公爵に追い出されたのですよ」エリカは冷たい声で言った。「使者の伝言を聞くだけのことに私や貴方まで付き添っている必要はないそうです。本隊をお迎えする準備をしていろと…」

「私も必要ない、と…?」セノクははっきりと振り向き、母の側へ近付いていった。「確かに父上から、私もお側にいるよう命じられてはおりませんがね」

それから広間の帳が閉じられるのを横目で見ながら、声を落としてこう訊いた。「それは、何時の話です、母上？　あの女とは、真っ先に、迷いもせずに広間へ入っていった、使者の女ですか？　あの女、前にもここへ…？」

「半月前、貴方が国境へ行っている頃ですよ。貴方やマリエ・キャナリーの留守を狙って来たようでしたね」

ソラの第二王子とキャナリーの件で、か。セノクは考えた。なるほど…それにしても、母上が焼き餅か？　日頃、公妃なぞ飾り物、誰よりも役に立つ、美しい飾り物で結構ですわ、そう言い放ってる母上が、ね。ま、私だって、その母上に似て氷の彫像みたいな人間だと、言われたりもするが、心まで氷で出来てるわけじゃないからな。私としては、心の芯まで凍ってしまえればどんなによいかと、思いもするくらいだ。そう思われるのは一向に構わないさ。私にも人並みの感情があると知っている人間は二人、いや、三人もいれば充分さ。その三人にも、アルクとキャナリーと、そしてクートにも、私の本当の感情はわからないのだから。わかる筈がない。キャナリーはいつもクートを見ていた。クートはアルクを見ていた。アルクはどこかもっと高みを…まして母上なぞ、私ですらどこに感情を隠し持ってるのか知れない程なのに…

「いいえ、嫉妬なぞ」セノクの心を読んだように、エリカは言った。「今更そんな物、感じもしません。唯、あの女は魔女ではありませんか。この度も祭りの時を狙ってやって来ています。何か目的があるに違いありません。私が心配しているのは、この国ですよ。それに、貴方です」そうしてセノクの顔を正面から覗き込んだ。

それは常にはないことだった。否、もう二十年程もなかったことだった。セノクは母の瞳が、アルクと同じ色をしていることすら忘れかけていた。しかもその瞳に不安の色を見て、ドキリとした。

公爵はドキリとした、触れた手の冷たさに…いや、それればかりではない。半月前もこの手は冷たかった。この手に再び触れたいと、そうだ、わしは変わらず願っておったのだ。このわしが、一時の気の迷いでなく…？　キャナリーは何と言った、死ぬ前に…？　アレは時折、未来を感じることがあった。だが、あれが予言だとは…キャナリー、お前はわしに何を伝えたかったのだ？

（アミを、アムニアナを覚えてらっしゃる？）

キャナリーを伴侶と決め、連れ立って〈魔の国〉を出てゆく時、女王の隣に立っていた。そう言われて、キャナリーより少し年長の侍女ともう一人、小柄な少女がいたような…と思い出しはした。だが顔など覚えてもいなかった。

（この猫を、アミをくれた女の子よ。あの時はまだ子供でしたけれど、銀の戦士の伴侶となったそうですよ。きっとフェンナー、貴方好みの美人になってる筈ですわ）

そう言っていたずらっぽく、アレは瞳を光らせた…

忘れていた、そんなことも半月前まで。ソラからの使いとして現れた緑の瞳の小柄な女が、アムニアナと名乗るまで。

もう子供ではない。美人でもない、キャナリー程には。だが、あの時すでに子供ではなかったなら、わしは、キャナリーを選んだだろうか？　答えはおそらく…否だ。だが何故、今なのだ？　今になってわしの前に現れたのは、何のためだ？　この女は自分の伴侶に会うのに何故、わしの手を必要とする？　何を企んでおるのだ？　この女と銀の戦士は、もう伴侶ではないのか？　何故、何故この女は、このような沈んだ瞳をしておるのだ？

その沈んだ瞳は、公爵の明るい瞳と一瞬出会い、そうして礼儀正しく伏せられた。

公爵も礼儀正しく気持ちを隠し、決まり切った口上を述べた。それからもう一人の使者の方を見た。

モトスは二頭の馬の引綱を両手に持ったまま、リコーを振り返って見た。

「ここへ来てから殆どほったらかしにしてたので、拗ねてたみたいですね」

「ほったらかしにしていたのは、馬だけではないだろう?」リコーは冗談めかして、応じた。

「ここの居心地が良いもので、自分の仕事を忘れてしまったのではないか?」

実際シアの宮廷に着いてから、二人が顔を合わせる機会は殆どなかった。リコーはフェンナー公のたっての願いで国境地帯へ赴いた。モトスは、故国では新米の門衛兵でしかなかった彼は、それに同行しろとは言われなかった。それにモトスの馬は長旅の間に脚を痛めていて、休ませなければならなかった。シダーが何くれとなく世話を焼いてくれて、モトスは感謝していた。それでも内心、世話を焼かれるより、リコー様や馬の面倒を見てる方が気は楽だな、とも感じていた。

だから今日は久し振りにリコーから声を掛けられ、いそいそと馬場までやって来たのだった。かねてよりリコーの馬術にも秀でていることを耳にしていた公爵から、祭の余興として何か披露して欲しいと頼まれたためだった。それには馬の調子を整えておかなければならないし、モトスの手も必要だった。リコーも余興そのものにはあまり乗り気ではないものの、モトスとゆっくりと顔を合わせるのは嬉しいような、そんな気配がどことなく仄見えていた。それがモトスにも嬉しかった。

そこは兵舎館の建物と、ファサードの石壁とで宮廷の他の場所から隔てられていた。丘の下方のフェンナー広場の喧騒も、別の世界から聞こえてくるようだった。厩からは幾人かの人声も聞こえてきていたけれど、馬場の方には他に人影もなく、モトスは何となくホッとした気持ちになった。

　馬上のリコーを見るのが、モトスは好きだった。銀の戦士が乗ると、馬も又、リコーの年取った芦毛の馬でさえ、銀の輝きを帯びて見える。シャンと首を擡げ、リコーの手足のように駆け回る。馬と一体になることで、リコー自身もいっそう輝いて見えた。もっと若くて美しい戦士ならいくらでもいる。けれどこれだけのオーラを放ち、これだけ馬さえも自由にしてしまう戦士は他にいない。モトスがリコーの従者になったのは、国を出たかったから、唯それだけだった。従者になりたかったわけじゃない。けれど今は、そうしろと言ってくれた祖父ウリヤノに感謝していた。

　憧れの後ろには又、羨む気持ちもあった。神様って、不公平だ。フラン・リコー・ゾイアックだって、僕らと同じ人間なのに…タマリンドでリコーを遠い人として眺めていた頃のモトスは、そう感じていた。あの人は人生に不満や不安なんて、持ったこともないんだろうな。何でも自分の思うままになるんだから。男はみんなゾイアック様に憧れる。けど誰もあの人のようにはなれないんだ。神に選ばれた人なんだから…と。

　リコー様と二人っきりで旅をし、僕には推し量りも出来ない程の苦しみと哀しみの中にあるリコー様を目の当たりにし、そのお姿を直視し続けなければならない、そんな状況に放り込まれなければ、僕はあのまま、不満を抱き続ける不信心な子供のままだったんだろうな。爺ちゃんはリコー様がどれほど信心深い人か、どれほど強い人かと、繰り返し聞かせてくれた。その人が神を疑い、疑いながらもなお、神に縋ろうとしてもがいているんだ。僕のちょっとした不満ややり切れなさなんて、リコー様が落ち込まれた闇の底知れなさに比べたら、何ほどのものだろう。もちろん最初の頃は、そんなことはわからなかったし、リコー様も常に絶望的なお顔をなさってなどいなかった。僕なんかの前でリコー様が、本当のお気持ちを口になさる筈もない。けど、口に出来ないこと程、心にはしっかりと伝わってくるものなのかもしれない。

　今じゃ神様って、ある意味で公平なんだろうと思う。誰にだってきっと、その人に耐えられるだけの栄光と試練を与えてくださってるんだ。リコー様はやはり強いお人で、銀の剣を持つ重圧にも、決してどんな戦いにも敗れることはないと言われる重圧にも、敗れて全ての拠り所を失うという絶望にも、耐え抜ける人なんだ。だから神は、リコー様をお選びになられたんだ。そりゃあ僕は、その絶望を正確に理解するには若すぎる。理解出来る程の事情を知ってもいない。けど…モトスの脳裏を濃茶の髪の少女の横顔が過ぎった。リコーを見上げて、輝いていた頬…

やっぱり羨ましいや。モトスは改めてリコーを見上げ、思った。心は闇の中でもがいていても、今なお銀の輝きを失っておられない。馬だって、ちゃあんとわかってるよ。

リコーの馬も国境から戻って来た一昨日には、脚にかなり疲労が溜まっていた。けれど今日はもう、歩くだけじゃ物足りないよと言いた気な、軽やかな足取り《ギャロップ》だった。

モトスは自分の鹿毛も少しだけ、引き綱だけで歩かせてみた。左の前脚の他は大体回復していた。それだけを確認して、厩に戻そうとした。けれど一度外の空気を吸った馬は、なかなか言うことを聞かなかった。

ようよう宥めて二頭を馬房に押し込むと、再び馬場に引き返しながら、モトスはリコーに冗談口を返した。

「ええ、本当に忘れてしまえればよいのですがね、銀の戦士の従者なんて、きついお役目は。ですが忘れておりましたら、リコー様の馬はそれほど元気になってますでしょうか?」

「ああ、お前の仕事には、本当に満足しているよ」リコーはモトスを見て、軽く微笑んだ。

「疑わしそうな顔をしているな。本当だとも。ウリヤノが自分の代わりの従者にと、経験のないお前を選んだのは、正しかったのだ。なまじの経験や知識のある者では、かえって墜ちた戦士の、目的のない旅には耐えられなかったろう。それにお前は、何事にも動ぜず、私の行動や、馬の気持ちに唯、添おうと努められる。それは、経験に優る資質だよ」

リコーに面と向かって褒められたのは、初めてだった。「ありがとうございます」そう言った後、続く言葉を探していると、背後から声がした。

「失礼いたします」シア宮付きの守衛兵の一人だった。「殿がゾイアック様に、シア宮の広間の方へお越しいただきたいと仰せでいらっしゃいます」

「今すぐに？」リコーは訝し気に眉を上げた。

若い守衛兵はビクリと身を竦めた。そうしてリコーから承諾の意を受けると、ほっとしたような顔でファサードの方へ下がって行った。

それを見送ってから、なおも訝し気な顔でリコーはモトスに話し掛けた。

「公爵との約束は、夕刻、剣技会の少し前にとのことだったのだが…どうだ、今日はお前も一緒に来ないか？　公爵はお前がいても、お気を悪くはなされないだろう」

リコー様は、何をそれほど気に懸けておいでなのだ？　モトスは思わず目を上げ、主人の顔をまじまじと見つめた。

リコーは返事を待たず、ファサードと反対の方角、兵舎館の外階段の方へ向かった。けれど数歩行きかけたところで、ハッとしたように足を止めた。

モトスもその視線を追って、階段の上方を見上げた。二つ目の、中二階の出入り口の前の踊り場に、キャナリーが出てきた。

その横顔にモトスもドキリとし、思わず小声で呟いた。「やっぱり、似てる…」

リコーは聞き咎め、振り返った。「お前は…フランシーを知っていたのか？」

「い、いえ、知っていたという程では…」モトスは顔を赤らめ、俯いた。「その、大聖堂などで幾度か、お見掛けしたことがあるだけです」

モトスがリコーの前で赤くなったのは、二度目だった。一度目は…そうか、そうだったのか…今度はリコーにもその理由が察せられた。そうか…フランシーをジオレントに置いておくには、神の娘にするしかないと思っていたが、もちろん神の娘が伴侶を持ってはいけないなどという掟はないが、何故、そうするしかないと思い込んでいたのだろう、私は。もし、知っていれば…ああ、いや、もちろん昔の私なら、家柄の違いを云々したろう。モトスの祖父ウリヤノは私にとっても、私の父にとってもかけがえのない存在だった。が、代々ゾイアック家の男に側仕える家の者でもあり、対等の付き合いをする相手ではなかった。そう思っていた。だがあの撥ねっ返りは、そんなことを気にするような娘ではなかった。そんなのは大事じゃないと言っただろう。そうして、あの娘が正しかったのだ。私は、何とつまらないことに囚われた人間だったろう…もし、生きていれば…

そう思いながらリコーは、再び階段を見上げた。丁度彼の方を見下ろしたキャナリーと目が合った。

（フランシー…）リコーは胸の内で呼び掛けた。

「リコー！」キャナリーは声に出して叫んだ。

「捜したのですよ。大切な話があって…」そう言ってキャナリーは、階段を下りてきた。

けれど一つ目の踊り場の手前で、一階のホールから出てきた人影に行く手を遮られた。

その人物は生成りのマントを羽織り、フードを目深に被っていた。「私もあの人に、大切な話があるのよ」そう言って顔を上げた。その瞬間、身を固くし、緑の瞳を見開いてキャナリーを見つめた。


聖者は目を細めて、目の前の闖入者達を見た。

「一体、どういうおつもりですかな、これは？」

そう言って足を床に下ろし、立ち上がろうとした。けれどすぐに顔を歪め、痛めている右足を寝椅子の上に戻した。

「起き上がられるのは、無理ですわ」寝椅子のすぐ脇に置かれた小さな椅子に掛けていた娘が、静かにたしなめた。「ひどく捻られましたし、膝も腫れ上がっておりますから」

それから娘は立ち上がり、来訪者達に向かって頭を下げた。「お待ちしておりました」そう声を掛けてブコノスを見た。それからアルクを見上げた。

アルクにもやっと、この娘が最初に下の開廊で会った〈神の娘〉だとわかった。ほんのり赤らんだ頬に触れる深褐色《セピア》の髪には、緩くウェーヴがかかっているとも、今ようやく気付いた。同じ色の瞳には媚びるようなところはなく、単純なはにかみだけが見えた。それがとても好もしく感じられた。

彼がつい今し方会った二人の娘は、この部屋、聖者の居間の入り口の両脇に立っていた。扉は開け放たれ、導士ビーノとその仲間の導士二人は敷居のすぐ外に立っていた。彼等はこの〈神聖な部屋〉へ聖者のお許しもなく入り込んでいいものか迷っているようにも、初めて目にする聖者の私室の豪華さに、圧倒されているようにも見えた。

「お待ちしておりました、ですと？」聖者は白い眉の下で、落ち窪んだ目をしばたたかせた。

「どういう意味ですかな、ブコノス殿？」

「聖者、この者達は…」ビーノがそう言いながら、思い切って扉の内へ踏み込んできた。

その前に、アルクの長身が立ち塞がった。

その隙に、導士マリスが聖者の面前に進み出て、口を開いた。「神の御言葉《カノン》に依りて、今日よりブコノス様が聖者の座に即かれます」

聖者は一瞬その意味を掴みかね、ポカンと口を開いた。けれど次の瞬間には、柔和な仮面のような常の笑顔に戻っていた。

「御言葉《カノン》ですと？　ブコノス殿が聖者ですと？　これはおかしなことをお言いだ。皆揃って夢でも…」

「神の御言葉《カノン》を夢見る気持ちで捉えようとしても…」ブコノスが静かな、けれど威厳に満ちた声で聖者を遮った。「正しき意図を聴き取れはしません。濁った魂で聴く者はなおさらです。正しく理解することは、唯聴くことよりも大切です。それが出来なければ、聖者たる資格はありません」

「な、何と…」聖者の手が震えながら、寝椅子の手元に立て掛けてあった自分の杖へと伸びた。それでもまだ顔は、そつなく微笑んだままだった。「私の魂が濁っていると、そうおっしゃいましたかな？　ブコノス殿、いかなそなたでも…」言いかけて、寝椅子から右足を落としそうになり、言葉を切った。

　マリスの隣に立っていた〈神の娘〉が、手を差し伸べた。

　聖者は片手で寝椅子の背を掴み、辛うじて態勢を保った。そうしてもう片方の手で杖を握り、先端を彼女の前に突き出した。石突に嵌め込まれた大粒のダイヤモンドがキラリと光った。「そなたの手は要りませぬぞ。そなたがこの…」その光は娘からマリスの方へ、それからブコノスの前へと動いていった。「侵入者達を招き入れたのであれば、私の側にいる資格はありません。その法衣を脱いで、この者達と共に出てお行きなさい」

娘は落ち着いて一歩退くと、軽く膝を曲げて、挨拶を送った。「法衣を脱いで出て行かれるのは、聖者、いえ、昨日まで聖者だった方、貴方様ですわ」

「私に、そのような口を利く者が…」聖者の顔は遂に怒りに耐えきれず、赤く染まって歪んだ。「かつておりましたかな？　そのような口を利いてよいと、本当に思っておるのですかな？　私は神に選ばれたる者ですぞ。そなたブコノス殿、御言葉《カノン》を聴かれたと申すなら、私に無礼な振る舞いを為す者が、どのような報いを受けるか、神より教わりませんでしたか。しかし、御言葉《カノン》が聴けた筈もない。私の頭上にしか降り注がぬものを、何処でどうやって聴いたと申すのか。証拠と共に示して見せられますかな？　出来るなら…」

「見せよと仰せられるなら」ブコノスは一歩前へ踏み出した。「示して見せましょう。とくとご覧下さい。これが正しき神の御言葉《カノン》です」そうして部屋の奥に向かって、何の飾りもない水松《イチイ》の杖の先を差し伸べた。

マリスとドイリーがその両脇に立ち、左手をブコノスの杖を握る手に重ねた。軽く目を閉じ、自分達の呼吸をも、ブコノスの呼吸に重ね合わせた。

杖の先端が青白く輝き始めた。と見る間に、輝きは光の束となり、束は光の矢となって放たれた。それは聖者の目の前を過ぎって、真っ直ぐに広い居間の最奥の、大きな観音開きの金色の扉に突き当たった。

落雷のような音がして、扉は向こう側へ弾き飛ばされた。その先には急な階段が見えた。赤紫の段通が敷かれた、大鐘楼へと続く階段だった。

アルクはハッとした。夢で見た階段ではないかという気がした。

聖者はハッとしたどころではない様子で、杖に寄り掛かりながら立ち上がった。「今のは…今の光は、まさか…」絞り出すように言い、階段とブコノスを交互に見た。

「シオン、こちらへ」ブコノスは階段を見つめたまま、命じた。「貴方の剣も、合わせなさい」

アルクはドイリーの横に進み出て、剣の鞘を払った。

「ま、待て、何をする気だ」聖者は彼等の方へ腕を伸ばし、足を踏み出そうとしてつんのめった。

けれどもう、誰も聖者を気にしてはいなかった。入り口の周辺でも、二人の娘と二人の導士は唯目を丸くして、扉のあった場所を見ていた。ビーノだけはその鋭い勘と、以前読んだ古文書の記憶から次に起こることを予測していた。やれるものならやってみろとばかりにブコノスの杖の先を見すえていた。

その杖の先は真っ直ぐ、階段に向けられていた。そこにアルクは剣の先を合わせた。軽く目を閉じ、ブコノスの呼吸を捉えようとした。

次の瞬間、強い力に弾かれ、腕を引いてしまった。目を開けると、剣先がオレンジ色に光っていた。

「こらえなさい」ドイリーが囁き掛けてきた。「剣先と、心を離してはなりません」

アルクは左手に持っていた鞘を帯に挟むと、両手で剣を握り直した。自分の剣なのに、誰か他の力に支配されているような、あるいは自分が剣の力に支配されている、そんな気がした。振り回されたくはなかった。自分の意思でここにいるのではないとは、思いたくなかった。これは、私の剣だ。剣を垂直に捧げ持つと、確かめるようにその刃を見つめた。

オレンジ色の光が、剣に吸い込まれるように消えていった。

これは、私の意思だ。大きく息を吸い込むと。アルクはもう一度剣先を杖の先に重ねた。再び強い力と、強い光を感じて目を閉じた。

次に目を開くと、階段の袂に大きな穴が開いていた。その穴から上階に向かって亀裂が走っていった。そうして遥か上方で先刻よりも大きく長く、本物の落雷の音がした。窓の外に稲光が走った。

亀裂は八方に広がり、階段は見る間に崩れていった。その上に石や瓦礫が粉塵と共に落ちてきた。煙が舞い上がる中に、炎の立つのが見えた。

聖者の居間も激しく揺れ、大きな地鳴りのような音の中に、置物やら灯火台やらが落ちて砕ける尖った音が響き混じった。

「急いで！」ブコノスは杖を脇に納め、周囲に声を掛けた。

皆一斉に部屋の外へと駆け出した。けれど一人聖者だけは杖に縋りながら、崩れた階段の方へ向かっていた。

アルクは聖者の側へと駆け戻った。「聖者様、早く外へ…ここは危険です！」

そう叫んで伸ばしたアルクの手を、聖者は激しく払い除けた。その目には部屋の中へと流れ込んでくる煙しか、否、煙の向こうに落ち重なってゆく瓦礫しか映ってはいなかった。

「私の、私の宝、生涯をかけて集めた…私の全てが…」聖者は炎に包まれてゆくその自分の半生の残がいに、真っ直ぐ向かっていった。足の痛みも忘れたように、大聖堂の最も高く、最も奥まった、最もきらびやかだった場所へと向かっていった。

アルクの腕が激しく引っ張られた。

「シオン」ドイリーが彼を引き摺りながら、言った。「聖者のことは放っておきなさい。彼の方は最早、生き長らえるをよしとはなさらないでしょう。神の真の御意思をお知りになられた以上は」

「あの階段は、何処へ…？」アルクは聖者を振り返りながら、尋ねた。

「聖者の大鐘楼に」アルクのもう一方の腕を引っ張りながら、マリスが怒鳴った。「それから聖者の宝物蔵に続いていました。さあ、早く！」

彼等は帳を潜り、大理石の開廊を走り抜けて大礼拝室へと駆け込んだ。迷路のようにそこここに壁や聖像が立ち塞がるだだっ広い御堂の中を、先を行く導士達や娘達は足を緩めもせずに抜けてゆく。アルクはあっと言う間に彼等を見失ってしまった。

礼拝室には華やかな紫檀《ローズウッド》の香りが漂っていた。それに様々なスパイスの香りも混じっていた。祭りのために特に選び集められた香り高いスパイスの。ジンジャー、シナモン、カルダモン、バニラ…ジオレントバニラ…ああ、懐かしいな。アルクは思わず立ち止まって、微笑んだ。シアの夏至祭の香りだ。何でジオレントバニラだったのだろう。男の子はみんなポケットに一かけら入れて、好きな女の子をダンスに誘いに行ったものだ。ちっとも効かないおまじない。実際のパートナーが目当ての女の子だったためしなどない。ポケットの中で空しく踊るバニラのかけら。踊らないバニラのかけら…セノクのポケットの中の。

いつも一人で立っていたセノク。片手をポケットに突っ込んで、片手は剣の柄に掛けて。いつも一人で、決して踊らないキャナリーを待っていたセノク。そのくせダンスになんか興味ないよって顔して見せてた…ま、私だとて人のことは言えない。好きな娘や、鋭い父上の眼の前で素知らぬ振りをするのは、アイツの方が上手かったから。けれど、アイツと踊りたがってた女の子は幾らもいたのに。アイツがその気になれば宮廷中、いや、街中の女の子とっかえひっかえ踊れもしたのに。市井の女の子と踊るなんて…と目くじら立てるのは、母上くらいのものなのだから。シアには夏の一時期にしか入ってこないバニラなのだ、それも少ししか。叶わぬ恋のために無駄遣いすることはない。叶わぬ願いに振り回されることはない。私もここへ来て、やっとわかった。

セノク、お前にだって今頃はわかってる筈だ。私達はクートに負けたんだ。クートが剣帯を手に入れて戻ってくれれば、もっと決定的だし、クートならやれるだろう。父上の怒りなぞ剣帯を見せれば簡単に溶けるだろうし。けれどクートは剣に於いて勝者となっただけだ。どこかで勝ちたければ、代わりに何かを捨てなければならないんだ。父上は、私を捨てた。激怒して、何とか引き止めようとはしたけれど、結局は私を出てゆくがままにさせた。あの計算高い父上が、お前ではなく、そうだ、お前も出てゆきたがっていたのを父上はちゃんと知っていた。知っていて、私を行かせたんだ。何故だ？　この右目の故か？　それとも他に…？　何故でもいいさ。大切なのは、それをチャンスと捉えることだ。セノク、お前も勝ちを拾える筈だ。捨てるべきものから心を離せさえすれば。

心を離せなければ…アルクの眼前に、最後に見た聖者の横顔が蘇った。大鐘楼と宝物蔵か…聖者の心にはそれしかなかった。ブコノス様の声も聞こえてはいなかった。我々の姿も見えてはいなかった。私利私欲だけ。おそらく神も正典《カノン》も、そのための口実でしかなくなっていた。あの居室の豪華さはどうだ。あんなに細密で、あんなに色使いも豊かな壁掛布は見たことがない。灯火台の銀細工はなんと繊細な技だったろう…置物の螺鈿細工、床のモザイク画、寝椅子の椴子…どれも一級品なのは一瞥しただけでわかった。シアの白磁もあった。ゴーツ王の宮廷に献上される物と同じ窯で焼かれた品だ。その奥には一体、どれ程の素晴らしい宝物が眠っていたのだろう。どれ程の芸術が、金銀財貨が聖者の足を踏み外させたのだろう、引き戻せない程遠く、神から離れた所まで…

いや、宝ではなかったのかもしれない。聖者は孤独であられたのかもしれない。お一人で神の御前に立ち、お一人で御声を聴き…我々は、他国《とつくに》の者共は聖者のことは何も知らないのだ。シアの導士達も何も知らなかった。日々の自分達の勤めと、楽しみのことだけしか考えてはいなかった。シアはあまりにも遠く…

再びアルクの前にセノクが現れた。いつも一人で立っていたセノク。いつも、縋るように剣に触れていた、細い指…

そこでアルクは自分の右手を見た。まだ抜き身の剣を握っていたと、ようやく気付いた。眼の前に水平に翳して見た。石の階段を打ち砕くほどの光を放った痕跡はなかった。シアで使い馴染んだ剣だった。セノクの剣と同じ剣だった、柄に彫られたイニシャルを除けば。ほっとしたように微笑んで、アルクは剣を鞘に戻した。

その微かな音を聞きつけたかのように一人の導士が、目の前の大きな聖像の向こうから現れた。「ここにおられましたか」

聖者が目覚められた由〈神の家〉へ告げに来た、長身の導士だった。彼は共に開廊まで上がって来ていた筈だった。けれど聖者の居間にはいなかった。そのことにもアルクは今初めて気付いた。

「急ぎましょう。炎はすぐにこちらにも届くでしょう。私を見失わないよう、後に…」

そう言いながら後ろを向いた途端、彼は聖像が肩から水平に伸ばした腕に、額をぶつけた。アルクの髪の先を擦る程の高さに、その腕はあった。小柄なジオレント人ならぶつからない物にぶつかって、彼はゴーツ語で悲鳴を上げた。

「大丈夫ですか?」共通語でそう言った後、アルクはゴーツ語で訊いてみた。「貴方はあの後、何処におられたのです?」

「私は、貴方方が聖者の私室棟へ上がられた後…」答えはゴーツ風の癖を残した共通語で返ってきた。「こちらの礼拝室におられた導士や修道士達に、事の次第を告げに参りました。出口はあちらですよ…私はゾーン大公国の出身です。貴方の御父上も存じ上げておりますよ、修道士シオン。ですが私はもうゴーツ人ではありません。唯の導士エランです。貴方がもう、公子アルクではないのと同様に」

礼拝室の東扉から表に出ると、導士や修道士達は前庭の外れに集まっていた。身を寄せ合うようにして、崩れゆく大聖堂を見つめていた。大鐘楼を支えていた西の棟は炎に包まれ、黒い煙が立ち上っていた。煙が太陽を覆い隠し、空は青いのに、聖なる高台は神に見捨てられたように暗く翳っていた。

「シオン、こちらへ」ブコノスがアルクを見つけ、声を掛けた。

白い衣のブコノスは、先刻までより一回りも二回りも大きく見えた。身の回りはオレンジ色の光《オーラ》に包まれていた。この者が聖者であると、神が告げているかのようだった。他の者はそれと認め、少し下がった場所に立っていた。マリスとドイリーだけが両脇に控えていた。

アルクをマリスの隣に並び立たせると、ブコノスは導士や修道士達と向かい合った。そうして低いけれどよく通る声で言った。

「ここは崩れ落ちるにまかせましょうぞ。これよりは〈神の家〉が我々の家となります。いえ、昔も今も〈神の家〉だけが、真の祈りの場であったのです。今日、幻は去りました、神の御意思《カノン》により。ですがあれを…」ブコノスは上空の煙を指し示した。「御意思《カノン》と思わぬ者は、ここに残るもよし、法衣を脱ぎ捨て、去るもよし。御意思《カノン》に従おうと思う者のみ、私についておいでなさい。これより〈神の家〉へ戻り、〈大扉〉を開きます」

大半の者はすでに、従う意思を見せていた。エランの言葉がそれを代弁した。

「どうぞ神の声《カノン》によりて、我等をお導き下さい、聖者ブコノス。我等は知っておりました。先代と貴方様と、今日あの帳の向こうより下りてこられた方が、真の聖者であると。知り得ない者に天空色《セレステブルー》の法衣を纏う資格はございません」

その言葉に幾人かは憮然とし、又うろたえて顔を見合わせた。その中には、聖者の居間までついて来た大柄な導士二人もいた。けれど二人のリーダー格だった導士ビーノは、さっと天空色《セレステブルー》の法衣を脱ぎ取り、ブコノスの前へ進み出て頭を垂れた。

「これはお返しいたしましょう」ビーノは法衣を差し出した。「ですが貴方様に従うことは、お許しいただけましょうか」

「貴方の意思を妨げるものは何もありませんよ、導士ビーノ」そう答えるとブコノスは、法衣には目もくれずに背を向け、高台を下る道へと踏み出した。

行く手には〈神の家〉が、今は仄かな光に包まれて〈目覚めたる者達〉を待っていた。間には風に漣立つ葡萄畑が、緑の川のように広がっていた。その中に一本、砂色の道が彼等を手招きつつ横たわっていた。

緩やかに蛇行する道を下りながら、アルクはチラと大聖堂を振り返った。大鐘楼と西の棟はすっかり崩れ去り、炎と煙は東の御堂の方へと延びていた。その建物の内へ戻ってゆく幾人かの後ろ姿が見えた。まだ高台の端で、どちらへ行こうか迷っている者もあった。
けれどブコノスと彼に従う他の者達は、返り見もせず〈神の家〉を目指していった。そうして誰の口からともなく、歌が漏れてきた。

我等の荷が軽い時
神の荷は重い
我等の荷が重い時も
神の荷は重く
されどその荷は希望にくるまれ
神は我らの手を引かず
されど………

〈始まりの歌〉だった。それは囁くように、けれど力強く広がっていった。

第四章　猫の翼

一匹の猫が飛ぶよ
二枚の翼を背に
三角屋根を越えて
四本の古代杉よりも高く
五番目の星を取るため
誰がそれを見たんだい？　そいつは
世界一の幸せ者だ

――バーリ（シア）の数え唄

「お父様をリコーと呼んでよいのは、大聖堂の聖者と、導士の方々だけですよ」——

アミは、昔自分が娘に言った言葉を思い出していた。それに対して返ってきたのは、思春期の娘の反抗的な目つきだったわね。フラン・リコーは、フランシーにだけはリコーと呼ぶのを許していた。軽く咎めることはあっても、無理に止めさせようとはしなかった。何故？私にも許さなかったものを…

今目の前にいる、この娘もリコーと呼んだ。何故？　この娘は何者？　この宮廷にいる魔女の娘と言えばキャナリーの、カタリアナの娘に違いない。確かにキャナリーに似てはいる。でも、この表情は、フランシー…？　この雰囲気は…ああ、〈気〉がないのね、この娘には。それで似ているように感じるのね。何てことかしら。かつては女王様の最も側近く仕えた私とキャナリーの、二人の娘が二人共に〈気〉を持たないなんて…その上アノンの娘の〈気〉も、とても弱かったわね。それって…どういうこと？　変よ、あってはならないことだわ。魔女は、神に見捨てられたのかしら。それとも、私達三人が…？

「貴方、アミね」キャナリーも又、驚いた顔で相手を見つめていた。「母様の友達の、そしてリコーの…」

「アミ！」リコーの声が、下の方から鋭く響いた。

アミはそちらを振り返り、フードを背に落とした。黒い髪が、キャナリーのそれよりもっと濃い漆黒の髪がその上を流れ、腰まで落ち掛かった。

「やはりお前か」リコーは階段の袂に向かって歩いていった。「ここで何をしている？」

アミもゆっくりと、階段を下りていった。

キャナリーはその後を追おうとした。それを別の人物が、ホールから出てきて、遮った。ソラ風の身形をした剣士だった。その大柄な剣士は狭い階段の幅一杯に脚を広げ、腕を伸ばして立ち塞がった。

その厳つい顔に向かってキャナリーは、この宮廷の姫君らしい威厳を込めた声で命じた。

「おどきなさい」

けれど相手は眉一筋も動かさず、こう返答した。「アムニアナ様と銀の戦士のお話し合いが終わりますまで、ここでお待ち願います」

「貴方、ソラからの客人でしょう」キャナリーはムッとして、一、二段前に踏み出した。

「私が誰だか、わかってるの？」

「存じております、シア公爵の勇ましい御息女、マリエ・カタリアナ姫」そう言いながらソラの剣士は、噂に聞くシアの女剣士の腰にチラと目を向けた。

その剣に、キャナリーは手を伸ばした。「知ってるなら、邪魔立てしない方が身のためじゃなくて？」

剣が鞘から離れる音に、リコーは視線をアミからキャナリーへ向けた。そうして階段を上がって行こうとした。その目の前にサッと毛織りのマントが広げられた。マントの内側から銀色の剣が現れた。

銀の空剣《レプリカ》…リコーは思わず足を止めた。〈銀の剣〉と全く同じ形状、同じ∫と϶の組み合わせ文字、同じ赤い石《ガーネット》、同じ手触り…違うのは〈気〉だけ。これは〈銀の剣〉ではない。だがこれが変えたのだ、私の運命を、ジオレントの運命を…

その空剣の柄に、アミの手が掛かった。

「何の真似だ?」リコーもまた、自分の剣に手を伸ばした。

「私は、その剣が欲しいだけなのよ」アミは柄から手を離し、後方の二人に向かって振った。

「素直に渡してくれれば、あの娘を傷つけるつもりはないのよ」

キャナリーの前に立ち塞がる剣士は太い腕を一杯に広げ、階段の下に立つリコーの目からキャナリーを完全に覆い隠していた。

「傷つけるつもりはない?」リコーはその言い方に腹が立った。ソラの剣士がアミの〈気〉の影響下にあるのは確かだろう。クートにそうしたように、彼にも簡単に剣を抜かせられようし、抜かせぬことも出来よう。が、深窓の姫君でも人質に取ったつもりか? キャナリーは剣士だ。自分の行く手を遮る人間が剣士であれば当然、剣をもって払おうとするだろう。

「では何故、あの屈強な剣士を彼女の前に立たせる、私の前ではなく？」

「誰にも邪魔されたくないのよ、この…」アミは指先で、自分の腰の銀の空剣《レプリカ》を叩いた。

「剣と、貴方のその剣を交換し終えるまではね」それからその指の先をリコーの背後に向けて、鋭く言った。「貴方も、動かないで！」

アミの瞳が、金色がかった明るい緑の光を放った。リコーの方へ駆けてこようとしていたモトスが、足元に雷を落とされたように立ち止まった。

「止めろ！」リコーは手の甲で弾き飛ばすように、アミの手を打った。「お前の力は、そんな使い方をするために授かったと思っているのか」

「貴方が授けたような言い方をするのね」アミは唇の端で笑いながら、暗い眼でリコーを見た。「変わらないのね。変わる必要などないと思ってるのね、銀の戦士様は」

「お前こそ、謎掛けのような言い方はよせ」叱りつけるように言いながらも、リコーはアミの眼の暗さに内心たじろいだ。フランシーの死を告げた時の眼…あの時のままの眼だ。あの時のまま、この女の心は凍りついているのか…何故…

「お前に、私の剣を要求する正当な理由があるなら、はっきりと説明してみろ」

「貴方の剣？」抑えるように喋っていたアミのアルトの声が、高くなった。「〈銀の剣〉は貴方の所有物なんかじゃないわ。魔の国の物。銀の戦士がその資格を失えば、魔の女王の元へ戻されるべき物よ。その役目は私…」

「お前ではない！」アミの暗さを跳ね返すように、リコーも声を上げた。「お前は私を欺いた。魔の女王より銀の戦士と認められた、私を陥れた。ジオレントを陥れた。女王を欺いたも同じだ。女王の侍者の資格を失くしたのは、お前の方だ。剣は直接女王に…」

アミの瞳が再び金色の輝きを帯びた。

リコーは慌てて目を逸らそうとした。けれど次の瞬間には、アミの〈気〉に搦め取られてしまったと感じた。並の人間ならそれを感じることもなく、アミの言いなりに操られてしまうのだろう。だが私はまだ、感じられる。自分の思う方向に動けもする。大丈夫だ、私には効かない。

リコーは後ろに下がりながら、剣に右手を掛けた。けれどその動きは、自分で思うよりはるかに遅かった。アミの腰から剣が離れ、鞘に収まったまま自分に向かって振られるのが見えた。見えながら、躱せなかった。

胸元に突き付けられた銀の鞘の先を見つめ、リコーは愕然とした。魔女は決して剣を抜かない。魔女は決して血を流さない。自分の手を血で汚さずに戦士を操る。〈力〉を左右する。そうしてこの空剣《レプリカ》で私を振り回すのか、またしても！　かつて自分の手の中の剣が空剣だと気付いた時のショックが蘇った。あの一瞬は、頭の中が完全に空白になった。そんな経験はあれきりだと思ったが…あれきりな筈だ、今は銀の剣は私の手の中にあるのだから。そうだ、あの時は…あの時はだが、銀の剣を持っていた者が死んだのだ、フランシーが…

リコーはふと、何かを見落としていたような気がした。敢えてアミの瞳を見た。〈気〉の力に満ちた瞳…この瞳の中にあの時、〈気〉はあったろうか…?


アミの〈気〉がリコーの上へ移り、モトスは再び駆け出した。その目の前に、横手から一人の剣士が躍り出てきた。ソラの剣士だと思った。シアの剣士なら、チュニックの表側に鎖帷子を着けてはいない。剣の形もまるで違う。刃は厚く、柄の握りも厚く、大柄で腕も太いソラの男のために作られたような剣だ。それをすでに抜き放ち、構えていた。

モトスは思わず自分の剣に手を掛けた。この者は、力ずくでも僕を押し止める気だ。僕の腕で勝てる相手じゃあないかもしれない。けど僕だって、この一年間リコー様のお側に、唯ぼんやりと従いてたわけじゃあない。

相手はためらわず、打ち掛かってきた。自分より頭一つ分も長身の剣士が振り下ろす幅広の剣は、思ったよりもずっと威力があった。後ろによろけたモトスが態勢を立て直すよりも早く、次の一撃が降ってきた。(まずい!)

そう思った瞬間、けれど悲鳴を上げたのは相手の方だった。剣を取り落とし、胸のあたりを押さえて後退った。その胸の鎖帷子と肩当てとの隙間に、矢が一本突き通っていた。

「モトス、大丈夫か？」右手のやや後ろの方から聞こえてきたのは、シダーの声だった。

ソラの剣士は、矢の痛みで夢から覚めたような顔をしていた。


夢見てるような顔だわ。キャナリーは思った。この剣士、私に目を据えていながら、私を見ていない。私と話しながらも、私の言葉なんか聞いてないのね。てことは…

「実力行使しかないってことね」キャナリーは剣を抜き放った。「通してもらうわよ！」

相手は右に身を躱し、建物の出入り口の中へ一度踏み込んでから、打ち返してきた。

剣を振り始めてからキャナリーは、狭い階段の小さな踊り場の上で大柄な剣士を打ち払うのは、思った程容易ではないと気付いた。力任せに振り下ろされる剣に非力な女剣士が立ち向かうには、スペースが必要だった。それに遠慮なく斬り倒してよい相手ならともかく、一応この相手は〈客人〉なのだから…

そのためらいに付け込むように、相手は鋭く踏み込んできた。キャナリーは二、三歩後退って、ドキリとした。腰に当たった樅の手摺が、僅かに傾いだ気がした。

（油断するな！）頭の中にクートの叱責が聞こえた。（相手が誰でも、私でもだ、キャナリー。剣を抜いたら、遊びは終わりだ）

わかってるわよ、何度も同じこと言わなくっても…キャナリーは相手の体重が乗った剣を受け止めるため、両手でしっかりと柄を握り、思い切って重心を後ろに移した。その途端、無情にも横木は乾いた音を立てながら折れて傾いだ。あっと思う間もなく手摺は根元から崩れ、身体はそのまま後方に投げ出された。

厚みのあるソラの剣が自分の右腕を掠って、折れ残った手摺に打ち込まれるのが見えた。槲の木屑が飛び、散り落ちてきた。剣士は夢から覚めたように目を見開いて、こちらを見ていた。何かが肩に当たって折れた。兵舎に向かって伸びていた無柄楢《セシルオーク》の枝だ、たぶん。リコーは何処？　私、リコーの側に行かなくちゃ…

「キャナリー！」

その声を聞いた、と思った瞬間、全ては闇に沈んでしまった。

広間は薄闇の内に沈んでいた。部屋の灯明は全て消え、扉も帳も閉ざされていた。中の人々は皆、椅子や床に倒れ込んでいた。

「どうしたんだ、これは？」クートは入り口の帳の側に蹲っていた侍従長、モクの腕を取って起こそうとした。「何があったんだ、おい？」

モクはクークーと、小さな寝息を立てていた。その寝顔から察するに苦しんでもいなければ、悪い夢を見てもいないらしい。

クートは彼をそのままにして、フェンナー公の側へ行った。公爵は肩を揺すると、すぐに目を覚ました。

「お…おお、何としたことだ。わしは眠っておったのか?」

「一体どうなさったのです」クートは公爵の前に膝を突いて、尋ねた。「ソラからの使者は何処へ行かれたのですか? それにセノクと公妃様は…」

「ソラの使者!」公爵は弾かれたように立ち上がった。部屋の中を見回し、「使者は何処だ、アムニアナは…?」そう言って、広場に面した窓の方へ大股に歩いていった。

「アムニアナ?」クートはリーンと顔を見合わせた。「では、使者の女は…」

「では、アミはやはりここへ…」リーンは腕の中の猫を抱き締めた。「アミの〈気〉で眠らされていたのね。早く捜さなくちゃ」

公爵は乱暴に垂布を分け、窓を引き開けた。

「ニィアア〜〜ン!」猫がいきなり、甲高い声で鳴いた。まるで魔の国の猫そのもののような声で。

公爵はギクリとして振り返った。「何だ、その猫は? キャナリーの猫によく似ておるが…」

「キャナリーの猫ですよ」クートが説明した。「ですが今はアノンの、リーンの母上の〈気〉が乗り移っているのです。アノンは魔の女王の意を受けてアミの、アムニアナの企みを阻止するため、魔の国からここまで〈気〉を飛ばしてきたのです」

それからリーンに訊いた。「アノンは、何て言ってるんだ?」

「アミの気配を捉えたんだと思うわ」リーンは猫を床に下ろした。「アミのところへ連れていってくれるの?」

それに応えるように「ミィ」と鳴くと、猫は開いた窓に向かって走った。そうしてバルコニーに出て右に曲がると、階段を駆け下りる、のではなく、真っ直ぐ空中に飛び出した。灰色の背中で、白い翼がふわっと開いた。

「な、何と…」公爵は銀髪の頭を激しく振った。「まだ、夢を見ておるのか?」

「夢…?」階段の下で思わず足を止め、モトスが言った。

「ヒュー!」シダーは口笛を吹いた。そうして猫の動きを目で追いながら、節を付けて呟いた。「銀色の猫が飛ぶよ　金色の瞳の猫が　白い翼で行くよ　黒い夜の空…」

「それ、何だい?」シダーに並び掛けながら、モトスが訊いた。

「シアの、いや、バーリに古くから伝わる子守唄さ」シダーは階段を駆け上がりながらも、顔はまだ猫を見上げたままで答えた。「猫が飛ぶ時、運命の逆転が起こるってのと、猫が飛ぶのを見た人間には、思わぬ幸運が舞い込むってのと、二つのパターンで何種類もの歌詞があるんだけどさ、本当にこの目で見られようとは…」

「シダー！」階段の上からクートの声が落ちてきた。「モトスも…何かあったのか？」

「ああ、何かあったどころじゃない」シダーは頬を引き締め、手摺に巻き付けられていた祭りの花綱を掴んだ。手の中で生花が潰れ、薔薇の芳香が立ち広がった。「キャナリーが一大事なんだ！」

「何だと！」フェンナー公がバルコニーに飛び出してきた。「キャナリーに何があった？」

その後ろにリーンを見つけて、モトスが言った。「リーン、急いで一緒に来てください。リコー様が、貴女の手を求めておられます」

リーンは息を飲んだ。「アタシの、手を…」

「どういうことだ？」クートは悪い予感に引かれるように、リーンを振り返った。

「それって…」リーンの顔からは血の気が引いていた。「でも、銀の戦士ではなく、何故、キャナリーが…？」

「何故だ、キャナリー…？」

　リコーはキャナリーの手を取り、呼び掛けた。その手は血に染まり、ピクリとも動かなかった。

「まだ生きてるわよ、その娘」

すぐ後ろにアミの声を聞き、振り返った。白い手が見えた。まだ銀の柄を握っていた。

リコーは立ち上がり、キャナリーを守るように腕を広げ、アミの前に立ち塞がった。

「これ以上、何をするつもりだ。この娘まで死なせるのか?」

暗く沈んでいたアミの瞳が再び、緑の火を点けたように輝いた。怒りに頬も紅く染まった。

けれどリコーは構わず続けた。「キャナリーには触れるな。私に恨みがあるなら、私を殺せばよい。だがフランシー一人で、犠牲は充分ではないのか。この娘は、フランシーじゃない!」

　この娘は、フランシーじゃない…自分の言葉がリコーの内側で反響した。反響の中で、小首を傾げて自分を見上げる、栗色の瞳の無邪気な娘の肖像は、ひび割れ、砕けて落ちた。その後には別の娘が立っていた。青く澄んだ瞳に強い意思の力を湛えた、スラリと丈高い娘が。

「フランシーじゃない…フランシーは死んだ…」アミは言葉にもならない程小さく呟いた。呟きと共に、瞳に涙が浮かんだ。

「何故、お前が泣く?」リコーは驚き、我に返った。

けれどアミの涙はこぼれ落ちはしなかった。言葉もそれ以上、その口からは出てこなかった。歯を食いしばり、リコーの背後に横たわる娘を見つめて、彼女は唯立っていた。

この男には、何も言うまい。今更何も…アミはキャナリーを見てはいなかった。目の前で額から血を流して倒れているのは、濃茶の巻毛の十三歳の娘だった…私がフランシーの死を願っていたと、悪意を持って見殺しにしたと、思いたければ思っていればいい。この男は知りもしなかったのだから。気付こうともしなかったのだから、当時の私には〈気〉がなかったのだと。自分自身をやっと支えるだけの体力しかなかった。余分な力など残ってはいなかった。フランシーを救おうとすれば、私も共に死んでしまっていたでしょう…それでも試みもせずに見捨ててしまったことを、私が悔いていないなんて…

確かにあの娘を憎んでた。この男と同じ瞳をしたあの娘を。〈気〉を持たない娘を見るのは辛かった。何故下の娘が、アンナが死んで、フランシーが生きているのかと、神さえ呪った。この娘が死んでしまえばよかったのにと、思わなかったと言えば嘘になる。けど、それでも私の娘なのよ！　私の…私の緑の瞳の娘は、流行病が奪った。茶色の瞳の娘は…フラン・リコーが奪った。娘二人を失って、〈気〉も失くして、どうしてあの国にいられるの？あの国で死にたくはなかった。私は森へ帰りたかっただけよ。銀の剣を持って、帰ろうとしただけよ。私が殺したんじゃない！　私のせいじゃない…

気がつくと、リコーは再びキャナリーの傍らに蹲り、手を取っていた。反対側には黒髪の娘が跪いていた。左手をキャナリーの左手に重ね、右手を額に置き、〈気〉を送り込もうとしていた。けれどその指先から出る〈気〉は、あまりにか細かった。

「だめ」リーンは頭を振り、泣きそうな声を出した。「アタシでは無理だわ、リコー。ごめんなさい。でもこの術は、相当に強い〈気〉を持っていなければ駄目なのよ。人に生気を与えるなんて、とてもアタシには…」

「無理だと！」怒鳴り声を上げたのは公爵だった。「キャナリーを見殺しにするのか。何故無理なのだ？　医者は、薬師はまだ来ぬのか…何故、兵舎に誰もおらぬのだ…クート、そんな所に突っ立って…」

「すぐに来られますよ。シダーと彼の配下の者が呼びに参っておりますから」クートは努めて落ち着いた声で答えた。

今はフェンナー公に、落ち着けと言う方が無理だろう。それでも怒鳴り声だけでも落としてもらわなければ、リーンがパニックに陥ってしまいそうだった。彼女に強い〈気〉を必要とする仕事が無理なのはわかっている。だがキャナリーを見捨てろとも言えない。それなら私はせめて、側で見守っていてやらなくては。リーンから離れてはいけない、決して。もっと強い〈気〉を持つ、もっと女王に近い娘を選べもしたんだ。だけどリーン以外の娘は考えられなかったのだから。リーンを初めて見た瞬間に、この娘と一緒なら何処にでも行ける、シアにも帰れる、そう思った。だから私は…クートは猫を抱く手に少し力を込めた。

クートの腕の中には、背中に翼を小さく畳んだ灰色の猫がいた。その金色の瞳がじっと自分を見つめているのに、アミは気づいた。(…アノン?)

「ミィ」と鳴いて、猫はアミに応えた。

「何故こんな祭の日に…医者はきっと、下の広場か街の何処かで酔いつぶれとるだろう。何という…! 誰か救けられる者はおらぬのか、わしの娘を、キャナリーの娘を…」

アミは剣を腰に戻し、怒鳴り散らす公爵の前に進み出た。

「私が、お救けいたします。ソラの剣士達をいっさい咎めぬと、お約束くださるなら。彼等に咎はないのです。私一人が責められるべきことなのですから」そう言って、もう一度チラと猫を見た。

「そなたが…?」フェンナー公はアミの黒髪に半ば隠れた青白い顔を見た、次は何を企んでいるのかと伺うように。あるいはその疑いを打ち消してくれるものを探すかのように。そうして抑えた声で続けた。

「もちろん、本当に救けられるものなら、何でも約束しよう。だが…」

アミはそれ以上を聞かず、リーンの隣へ歩み寄った。マントを脱ぎ、地面に膝を突くと、右手をリーンの前に差し出した。「貴女の左手を」そう言うと、左手でキャナリーの左手を取った。

その真意を探るように、リコーはアミを見つめた。けれど何も言わなかった。唯キャナリーの赤く濡れた右手を、更にしっかりと両手に包み込んだ。

「呼び掛けるのを止めないで」アミはリコーを見もせずに、言葉を掛けた。「貴方も呼び続けて、手を離さずに。祈り続けて、この娘の魂が行ってしまわないように。それから、銀の剣を、その娘の胸に置いて。〈気〉を持つ物は何であれ、役に立つ筈よ」

そうしてリーンの左手をぎゅっと握った。「貴女も、この娘の頭の傷から手を離さないで。集中して。呼吸を合わせて、私に。呼び掛けるのよ、強く」

誰かに呼び掛けられた気がして、セノクは顔を上げた。

広場のざわめきが聞こえるだけだった。フェンナー広場で、フェンナー公がいようといまいと頓着なく騒ぐ人々は、全ての音を飲み込んで、喧騒を吐き出している。それは実際よりも遠い場所で起こっているようだった。連中が昨夜のダンスで疲れているからだろうか。今宵もそうだ、剣技会が始まる頃には、もっと多くの人々が上の妖精広場まで繰り出してくるだろう。今はまだ、静かなものだ。それにここは、東門の周辺はさほど高くはないものの石壁と、植え込みと段差とでフェンナー広場と隔てられている。ここは静かだ、麓の果樹園を飛び回る蜜蜂の羽音さえ聞こえるほどに…

「どうかしましたか？」公妃《エリカ》が馬車の窓から顔を出して、尋ねた。

「いいえ」そちらへ顔を戻して、セノクは答えた。「唯、誰かが私を呼んだような気が…アルクの声に呼ばれたような…」

「アルク…？」エリカは片手を出して、息子の方へ差し伸べた。「貴方は、心が弱くなってはいませんか、セノク？　公爵が何をおっしゃろうと、何に気を惑わされていようと、この領国を継ぐのは、貴方ですよ。貴方しかいないのですよ。それが、重荷ですか？」

「いいえ」セノクは母に微笑み掛けた。母の前で自然に笑みが出て、我ながら驚いた。

「自分の為すべきことはわかっております。今ではより明確に。どうぞ母上には、御自身の旅の心配だけなさってください。ゴーツ王の宮廷まで上がられるのは、二十何年ぶりです？」

そう言って彼は、母の手を取り、唇を押し当てた。「道中、御無事でいらしてください」

「無事に行けますとも。この国の秩序のために行くのですから。それはゴーツ王国の秩序のためでもあるのですから、正妻の産んだ息子に正しく国を継がせるというのは」エリカはそう言うと、手を御者の方へ振って、合図した。「その正妻が、自分の許可も得ず何処へ行こうとも気にしないでしょう公爵には、貴方から後で何とでも申しておいてください」

緩やかな馬車道を急ぎ足で下ってゆく轍の音に混じって、再びアルクの声が聞こえたような気がした。セノクは左手で腰の剣に触れた。それから陽に輝く金髪の頭を振って、門の内へ戻っていった。

アノンは戻っていった。〈魔の国〉へ、自分の膝に置いた猫の内を通り抜け、自分の身体へ。

目を開けると、女王が驚いた顔でこちらを見ていた。その顔には血の気がなかった。身の回りの〈気の光《オーラ》〉も消えていた。

「何故、勝手に戻ってきたのです？」そう叱責する声にも、力がなかった。「まだ、貴女の仕事は…まだ、私達の仕事は…」

アノンは息を飲んだ。他の三人も突然夢から覚めたように顔を上げ、女王を見つめた。女王の黒猫がマニの膝から滑り下り、主人の方へ走り寄っていった。

女王の手から、短剣が滑り落ちた。その上に女王の身体が倒れ込んだ。

マニが慌てて駆け寄った。「しっかりなさってください、女王様！」それから近寄ってきた二人の若い侍女に命じた。「女王様の両脇に…！　お手を取って、〈気〉を注ぎ込むのです」

アノンは立ち上がれなかった。全身が痺れたようだった。あるいはまだシアにいるかのように、遠いことのように、目の前の出来事を見ていた。猫を両手で抱くと、けれどしっかりと、温もりが胸まで伝わってきた。

「マニ…」女王が、辛うじて口を開いた。「マリニナ、短剣を…お取り、なさい。貴女が、女…王です。貴女が、仕事を、続けるのです。やる、べきことは…」

「やるべきことは、承知しております」

マニ、ことマリニナは女王の肩をそっと持ち上げ、その下から短剣を拾い出した。額の前に掲げて、短く聖文を呟くと、刃先に青い火が点った。

「神の御意思《カノン》の火…」侍女の一人が声を上げた。「剣が正当な持ち主の手になければ、決して点らない筈の火だわ」

「では、女王様は…」もう一人の侍女はそう言いかけて、絶句した。短剣の火と同じ位青い顔をして、新しい女王と、息絶えなんとする女王の顔を、交互に見た。

マニは立ち上がり、静かな、けれど重みのある毅然とした声で、その二人に命じた。「先代女王のお身体を、〈祈りの家〉の祭壇へ運びなさい。手順はわかりますね。神の御手に委ねたら、速やかにこちらへ戻っておいでなさい。私はこの仕事をやりおおせるまで、祭壇には上がれません」

侍女達は新女王の前に跪いて、一礼した。そうして先代女王を振り返り、「あっ」と声を上げた。

横たわる身体はいつの間にか、緑の光に包まれていた。左右から抱き上げると、軽々と持ち上がった、見えざる神の手に助けられているかのように。女王の猫が、その身体の上に飛び乗った。

彼女達が五方陣の外へ出てしまうと、一陣の風が庭を駆け抜けた。中央の灯火台の火が大きく揺れて、掻き消えた。辺りは宵のように薄暗くなった。見上げると、木の間越しの空を灰色の雲が流れていた。

新女王はアノンを振り返った。そこに立っているのは、もうマニではなかった。昨夕よりも若返り、生気に満ちた瞳を輝かせて立っているのは、新しい神の代弁者だった。

アノンは猫を膝から下ろし、立ち上がると、その前に恭しく跪いた。

「何故、戻ってきたのです?」そう言いながら新女王は、先刻まで先代が立っていた場所へ動いた。神の意思を改めて確認するように、その周りの空間を手で探った。それから短剣を灯火台に近付けると、青い火が点った。

「戻ってきた、と?」アノンはその場に膝を突いたまま、答えた。「私の意思でここへ戻ったと申しますより、それも多少はございますが、引き戻されたという感じの方が、強かったように思われます」

「引き戻された…そうですね」女王は緊張した面持ちで、自分の新しい席に腰を下ろし、短剣を膝に置いた。「先代の〈気〉が突然と言ってよい程、急に弱まってゆきましたからね。気付いた時点で私が、貴女を呼び戻すべきだったかもしれませんね。私は、お始めになる前に、いま少し休まれてはと申し上げたのです。かなり衰弱していらしたのは、貴女も気付かれたでしょう。ですが先代は、覚悟なさっておいでだったようですね、はっきりと…それで、貴女の意思も多少はあったと申されたのは…？　ああ、椅子にお戻りなさい」

アノンが自分の椅子を振り返ると、猫が自分の権利を主張するかのように、両前脚を揃えて鎮座ましましていた。灰色の猫。金色の瞳の…ほんの少し違うだけ、尻尾の長さが。あんなにそっくりな猫が、シアにいたなんて。キャナリーの娘の部屋にいたなんて、偶然かしら？　あんなにすんなりと〈気〉を乗せられたのは…

アノンは記憶を手繰りながら、猫を抱き上げた。それから女王を振り返って、こう答えた。

「私、身体ごとシアへ飛ばしていただこうと思ったのです」

「アノン、アムナヴィーニ、それは…」女王は腰を浮かせかけ、すぐ又、落とした。

「あんな事態になろうとは…」アノンも腰を下ろし、続けた。「先代も予測はしていらっしゃらなかったでしょう。リーンには無理です、死に瀕した人間を蘇らせるなど。ですが銀の戦士を救けるには、キャナリーの娘を救けなければなりません。あの娘が死ねば、フラン・リコーの生きる気力も絶えてしまいましょう。猫の身体では…アミの手を…」

（くだらないわ）突然アノンの記憶の中で、少女のアミが言い放った。両親が流行病で死んで、ソラ国から魔の国へ連れ戻されてきたばかりのアミ。神経質そうな顔をした、年齢よりは幼く見える従妹。

（魔女達の夢ですって？　いつか銀の戦士の伴侶となることが？　くだらないわね）

どうしてあの娘は、嫌だと言わなかったのかしら、幾人かの魔女の中からフラン・リコーがあの娘を選んだ時？　あの娘は他ならぬ銀の戦士ではなく、唯、一人の男に恋をして、一緒になったつもりだったんでしょうね。あの娘は唯、愛されたかっただけなんだわ。けれどフラン・リコーは銀の戦士の、〈あちら側〉の秩序を護る者の伴侶としての義務だけを要求した…神は、そうなるのをご承知で、あの娘が選ばれるよう計らわれたのかしら、何故…？

別の記憶の中で、灰色の猫がキャナリーの腕の中に滑り込んだ。小柄な少女の手から。泣き出しそうなアミに、キャナリーが予言するように告げた。また会えるわよ、と。

（また会えるわよ）アミの記憶の中で、キャナリーが言った。あの時、キャナリーは十九。

目の前のこの娘は、幾つ？　十九か、二十？　リーンの伴侶の腕の中にいるあの猫は、誰の猫？　あれはまさか、私の猫の…？

　そう言えばキャナリーは、〈気〉そのものはさほど強くなかった。予知能力の高さで、女王の侍女に選ばれたのだわ。では、キャナリーは知っていたのね、私がこの国へ来るのを。ここで私に再会するのを。そのために私は、この娘に〈気〉を与えなければならないのね。私を今日まで生かしておいたのは、神よ、そういうわけなのですか？　ジオレントを出て、再びこの身に〈気〉が戻ってきたのは、そのためなのですか？　そうして銀の剣は、決して銀の戦士の手から離れないのですね。そうしてフラン・リコーは、〈娘〉を取り戻すのですね。いいえ、いいえ恨みはしません、神よ。今は私、何故か嫌ではありません、この娘に〈気〉を残らず奪われても。何故でしょう？

　リーンも素質はあるわよ、アノン。私にピタリと呼吸を合わせて〈気〉を送ってゆく。きっといつか、強い〈気〉に目覚めるわ。


　目覚めてくれ、キャナリー、どうか…リコーはキャナリーの手に、額を押し当てて祈っていた。貴女まで逝ってしまわないでくれ。愛してるんだ。そうだ、フランシーではなく、誰かの代わりでもなく、何のためでもなく唯、唯キャナリーが愛しい…私は…神よ、私を生き長らえさせながら、フランシーばかりか、今またキャナリーまでも死なせてしまわれるなら、私の内にかろうじて残る信仰の火種も、絶えてしまいましょう。私の肉体が死んだ時、貴方の元へ還る筈の魂は、消え失せてしまいましょう。神よ、聖者よ、何故……この何の罪もない娘に、命を戻してください。代わりに私を、この身を所望してください。どうか…まだ私の声が聞こえるなら…

リコーの手の中で、細い指が微かに動いた。

顔を上げると、キャナリーの胸の上で銀の剣が小さく揺れるのが見えた。唇が動き、微かな息が、あるいは呟きが漏れ出た。

リーンが素早く耳を寄せた。それから顔を上げて、リコーを見た。「貴方の名を、呼んでます」

「キャナリー！」リコーは唇をキャナリーの耳元に近寄せて、呼び掛けた。「私はここだ。聞こえるか、キャナリー」

それに応えるかのように、キャナリーの両目がゆっくりと開いた。

見守っていた人々の間から、安堵の息が漏れた。

それをけれど、リーンの悲鳴が破った。「アミ！　しっかりして、小母様」

「リーン…？」クートがリーンの脇に駆け寄った。その手から猫がスルリと抜け出して、キヤナリーの脚元に寄ってゆき、額を擦りつけた。

「〈気〉がないの」リーンは震え声で言った。「アミの生気が全然ないのよ。残さずキャナリーに注ぎ込んでしまったんだわ。どうして、そんなこと…」

「どうして、そんなことを…父上が?」セノクは心底驚いた顔で、公爵の籠る客間へと大股に近付いていった。けれどその扉を開けはしなかった。「何故、誰も止めなかった!」

「お止めいたしましたとも」客間の前の小ホールの隅から、侍従長モクが答えた。「ですが、公爵が一度御決心なされたことを翻していただきますのは…」

「剣帯は二本あるのだからと…」横合いからクートが口を出した。「私の剣帯を差し出しもしたんだ」

セノクはクートの前に歩を返し、今はクートの腰に戻っている〈魔の剣帯〉を軽く叩いた。

「お前のだったら、踏み込んで無理にも止めてるさ。もう間に合わないと言われても。すでに戦から半ば退いたも同然のフェンナー公を守る〈魔の気〉と、フェンナー公の半分も生きていないお前のそれと、どっちが大切かは馬鹿でもわかる」

クートは口を開きかけた。けれど何も言わず、軽く頷くだけにした。

「しかし父上が剣帯を手放すなど…」セノクはクートから少し離れて、壁際へ行った。張出《アルコ》窓の前のベンチの腕木に凭れ掛かると、そのまま言葉を途切れさせた。

「剣帯から〈気〉が失われてしまうと、決まったわけじゃない」クートはそう言って、自分の剣帯に触れた。

触れずにいる時は、その〈気〉を感じることもない。見かけも普通の剣帯と変わりない。素材はこの辺りの植物とは少し違うようだし、織り込み模様も、シアの職人には真似出来そうもない見事さだ。知る者が見れば、すぐに魔女の手に成る物とわかるだろう。けれど人一人の身と剣を守ってくれる程の力の宿った物とは見えない。そりゃあそうだ。織り上がった時はまだ、唯の帯だったのだから。その帯は〈女王の気〉が込められて初めて、意味のある物となるのだから。〈気〉を持つということ、それが大切なのだ。帯に〈気〉があるということ、それは私が私であること、あるいはフェンナー公がフェンナー公であるということと同じなんだ。人一人の命ももちろん大切だが……

「だが〈気〉を移せと言ったんだろ、その……リーンの母親は？」セノクは苛立った声を出した。「剣帯の〈気〉を、リーンを通じてそのソラの女に移すしか、手はないと。その女は何者なんだ？　その女に、何故父上は……いや、何があったのか、最初から話してくれ……ああ、そうだ、その前に…」そこで小ホールの入り口に立っている守衛兵の方を向いた。

「今宵の剣技会は中止だ。明日以降の新年の催しも全てだ。モクと共に各方面に伝えて回れ。

それからソラの御一行が街門に到着したら、すぐにここへ伝えさせるんだ」

「全て、でございますか？」モクが訊き返した。

「全てだ。急いで行け！」彼の方を見もせず、セノクはピシリと言った。

「剣技会の分は、とりあえず伝えて参りました」守衛兵の後方から、声がした。

その兵士と交替するように、シダーが入ってきた。セノクは眉をつり上げて、彼を見た。

「悪かったかな、命令も待たずに勝手なことをして」シダーは少しも悪いと思っていないような顔で言った。「けど、どうせ剣技会どころじゃないでしょうが？」

シダーのいつもながらの口振りに、けれどモクは肩をわざとらしく竦めた。それから人の良さそうな顔に無理に苦笑いを浮かべて、出ていった。

シダーはそちらには一瞥も遣らず、続けた。「宮廷の人間はみんなもう、夏至祭自体中止なんだろうって、薄々わかってる。問題は下の広場ではしゃいでる一般の連中ですね。全員を納得させて、麓まで下ろすには、少々人手が必要だと思いますよ。私に任せてもらえるなら…」

「ああ、いいとも」セノクはマントを留めている二つのブローチのうち、一つを外してシダーの方へ放った。ゴーツ王家の紋章である狼が彫り込まれた金のブローチで、瞳の部分には黄玉《トパーズ》が嵌め込まれていた。いま一つの青磁色の三角形のブローチには、シアの公爵家の花である真白いキスタスが描かれていた。

「それを見せて動かん者はいないだろう。何はともあれ、今宮廷に必要なのは、静寂と秩序だ」

「ああ」シダーはブローチを受け止め、感心したように眺めた。「ソラの御一行は幸いにも、まだ影も形も見えませんよ。それより妖精宮の馬車が一台と、妖精宮付き剣士が数名と、馬が数頭見当たらないって、東の方で騒いでましたっけ。それから…」

「母上と…」セノクはわかってると言いた気に、手を振った。「母上付きの侍女一名もだろう。それは俺が了解済みだ」

「なら、いいけど…」シダーは目をパチクリさせたものの、追及はしなかった。

「ソラの剣士達は塔の方に隔離して、射手二人に見張らせてるけど、こっちへ連れて来させましょうか？　それと、近衛隊の連中がうろたえてますよ。フェンナー公がすっげえ剣幕で、兵舎館の修繕を言いつけてた大工房の棟梁を連れて来い、首を撥ねてやる！　って怒鳴ってたらしくてね。けど、何処にも見つからないそうで…」

　セノクは客間の扉をチラと見てから、答えた。「どちらももう少し後でいいさ。それより広場だ。積み上げかけてる薪も、片付けさせろ」

「了解」シダーは手を胸の前に水平に翳すゴーッ式の敬礼をして、出てゆきかけた。けれどすぐに振り返って、言い足した。「そうそう、一番に伝えることを忘れてた。キャナリーの様子を知りたいでしょう？　俺、部屋までついて行って、暫くいたんだけど…」

セノクは顔色を変え、サッと立ち上がった。

本当にそっくりだ。クートは思った。フェンナー公とセノクは、二年前よりもっと似てきた。外見は、セノクの方がずっと線が細くて、比べるとひ弱にすら見える。けどその他の点では、そっくりなのはもちろんだ。重要なのは、雰囲気だ。アルクにはこんな冷厳さは感じなかった。あと三十年経ってフェンナー公の年になれば、もっと、双子のようにそっくりになってるかもしれない。それなのに相変わらず、キャナリーのこととなると…リコーに忠告しといた方がいいか、セノクが倒したがるのは私だけじゃないだろうって？　けどセノク、いい加減気付けよ。貴方が本当に決着をつけなきゃいけない相手は、アルクだ、って。貴方の内にいる〈フェンナー公ご自慢の跡取り息子アルク〉だ。

その時、客間の扉が小さく音を立てて開いた。リーンが猫を肩に乗せて、出てきた。猫の背中には、もう翼の影も見えなかった。いつもベルベットのような毛並みからも、すっかり艶が失せていた。

「目覚めたわ。もう大丈夫」リーンはそっと扉を閉めた。そうして勢い込んで近付いてきたセノクに向かって、言い足した。「暫く二人きりにさせてあげてください。公爵がそう望まれてますし、とても疲れてもいらっしゃいます」

「君も、顔色が悪いじゃ…」言いかけて、クートはハッとした。

「どうしたの？」そう言ってクートを見上げるリーンの瞳は、緑に輝いていた。いつもの心細気な表情も消えていた。

「〈目覚めた〉のか、君も？」


「目が、覚めましたか？」女王の声が聞こえた。

アノンは女王の侍女達の休息所となっている天幕の中に寝ていた。起き上がると、足元にいた猫が、慌てて飛び下りた。

ベッドの脇の椅子に、女王が腰掛けていた。その後方の出入り口が少し開いていた。木々の向こうの薄暗がりの中に〈祈りの家〉の明かりが見えた。その灯の下を、何人かの魔女達が行き交っていた。

〈交替の儀式〉の準備だろうか。では先代は、本当に亡くなられたのだ。シアでは皆、救かったというのに…アミはこめかみに鈍い痛みを感じた。

「身体ごと飛んでいったほどには、疲れていないでしょう？」女王は口の端で微笑んだ。

まあ、マニが私に微笑み掛けるなんて…女王としての初仕事が何とか上手くいって、ほっとしたのかしら。そう思いながら、アノンは答えた。「ええ、身体の方は。ですけど、あの様なことになろうとは…側にいるのも辛くて、同時に離れ難くて…」

「貴女は感情移入し過ぎるのですよ」女王は湯気の立っているカップを差し出した。ワインの匂いの中に、頭痛を追いやってくれるメリッサとクローブの香りがあった。

「それが貴女の才能でもあるのですけどね。その能力故に、入り口の集落の守りを任されていたのですから。ですけど、もう小さな子供ではないのですよ、アムニアナもリー…リーンの本名は何と言ったでしょう?」

「リエナヴィエンですわ」アノンは熱いカップを両手でそっと包み込んだ。「女王は全ての魔女と〈娘達〉の本名を覚えなければなりませんの?」

「名前は、大切なものですよ」女王はアノンのからかうような口調を戒めるように目尻を上げた。「死に瀕した人々を呼び戻すにも〈気〉ばかりでなく、名を呼び続けることが必要なように。ともかくカタリアナの娘と、アムニアナと二人ながらに救かりそうで、よかったこと」

「リーンにあんな潜在能力があったなんて…」アノンは女王の御前にいるのだと今思い出したように、背筋を伸ばした。「先代はご承知でいらしたのでしょうか？　それにあの、最後にあの娘に伝えたメッセージ、あれにはどんな意味がございますの？」

「実のところ…」女王は首を振った。「この後、私自身の耳で御意思《カノン》を伺ってみなければ何とも言えないのですよ。今はっきりと言えるのは、貴女には、昨日まで私がやっていた仕事を引き継いでもらいたい、ということだけです」

「私が…！」アノンは危うくカップを取り落としそうになった。敷き物とスカートの膝の上に、小さな赤い染みが出来た。

「他に誰がいます？」女王は染みにチラと目を遣ってから、素知らぬ顔で続けた。「リーンの〈目覚め〉に伴うように、貴女の〈気〉もいっそう高まっています。気付きませんか？いえ、先代の死に伴ってと、解釈した方がよいのでしょうか。いろいろなことが〈あちら側〉でも〈こちら側〉でも、連動して起こっています。どれがどう繋がるのか、何処までが神の御意思《カノン》に依るものなのか、私にもまだ、しかとは掴めません。唯、世界が大きく、しかも急激に変化しているのは確かです。気持ちをしっかりと持たなくてはなりません、私も、貴女も。他人の行く末を気にしている余裕はなくなりましょう…誰です？」

天幕の外に足音が聞こえ、先代女王の侍女だった少女の一人が顔を見せた。

「失礼いたします」彼女は一歩中へ踏み込むと、深くお辞儀をした。「そろそろ夜が明けます。女王様にもアムナヴィーニ様にも、御支度を始めていただいた方がよろしいかと存じます」

「夜明け?」アノンは慌てて立ち上がった。「まあ、私、どの位眠ってましたの?」

「どの位、横になっていたのかしら?」

キャナリーは今ようやく、はっきりと目を覚ました。

何度かぼんやりと、意識を取り戻した記憶はあった。その度に嗅ぎ慣れたブルーカモミールの香りを感じ、自分のベッドに寝ているのだとわかった。けれど頭がひどく重く、目を開けるのも大儀だった。何とか瞼を持ち上げると、見慣れた自分の寝室の蜂蜜色《ハニーブラウン》の天井があった。そうして視線の端に誰かの頭が見えた。黒っぽい褐色の髪…そちらへ頭を向けようとすると、左の肩から頭にかけて激痛が走った。額にそっと手が当てられた。暖かな手が、痛みも不安も押しやってくれるような…リコー?…そう口にしたような気もするし、そのまま再び、意識をなくしてしまったような気もする。

今度はそんな曖昧な目覚めではなかった。天井を塗り替えた時の刷毛の跡まで見えた。下手くそな仕事ね。ウチの大工房にはろくな職人がいないわね、ったく…そんな悪態まで頭に浮かんだ。

首を回しながら頭を持ち上げてみると、再び痛みに襲われた。けれど我慢出来ない程の痛みではなかった。呻き声を上げながら身を起こすと、そっと助けるように、誰かの手が背中に当てられた。

「痛みますか？」低く抑揚のない、けれど温かな声が聞こえた。

キャナリーはドキリとした。夢の中でずっと聞こえていた声ではあった。ずっと、ずっと私を呼んでいた。でも、その声に今は現実感がしっかり伴っている。その上…

その上声の主の顔が、不安に安堵を入り交じらせてキャナリーを覗き込んでいた。そうして言葉を続けた。「丸二日近く…今は新年の二日の、午《ひる》近い時刻《ころ》でしょう。シアの薬師の鎮痛剤と睡眠剤は随分とよく効いていましたね」

「二日？　そんなに…」キャナリーは慌ててベッドを出ようとした。

リコーがその肩をそっと抱え込むようにして、制した。「急に起きてはいけません」

頬が頬に触れかけ、キャナリーは赤面して身を引いた。

リコーはゆっくりと手を離すと、彼女の身に添えるように置いてあった〈銀の剣〉を、そっと取り上げた。

「その剣…」キャナリーはリコーが剣を腰に戻すのを見ながら、呟いた。「夢の中でも、ずっと側にあったわ。私を守ってくれるみたいに」そうして自分の手を見た。

右手首から甲にかけて包帯が巻かれていた。ソラの剣士の分厚い剣の、矢尻のような切っ先が目の前に迫ってきた。いえ、あれは一寸掠っただけ。でもその後から、手摺の一部が落ちてきて…折れてはいないみたい、よかった…それから、リコーの声が聞こえて…それから…節くれ立った指、マメだらけの掌、毎日剣を振り回して、革の手綱を握って…女の手じゃないわね。髪結いのマリエの手とはまるで違う。すべらかで、傷一つなくて…アミの手も、あんなに柔らかなのかしら？　リコーは…

肩にリコーの指が触れて、ふわりと何かが被さった。自分のシルクの部屋着だった。リコーに初めて会った時、化粧室で鏡越しに出会った時羽織っていた物だった。

再び離れるリコーの手を追うように、キャナリーは目を上げた。

リコーはすでに半ば背を向けていた。そうして「貴女が目覚められたと、知らせて参りましょう」そう言って、正面の扉へ近付いていった。

リコーが触れる前に、扉は外からノックされた。

キャナリーの返事に応えて入ってきたのは、セノクだった。後方にはレンの顔も見えた。

セノクはリコーに気付くと眉をつり上げ、足を止めた。そうして会釈して出てゆこうとしたリコーを呼び止めた。

「待て。ここで何をしていた？」それからレンに向かって、続けた。「何故キャナリーの私室に、許可もなく人を入れたりする？　第一、キャナリーが起き上がれるようになったと、何故真っ先に私に知らせなかった？　そう命じておいたろう」

「もうお起きになられるとは、私も存じませんでした」レンは叱責は心外だと言わんばかりの顔で答えた。「セノク様は、ソラの御一行の御接待でお忙しいとも伺いました。それにゾイアック様は、二日前よりずっとこちらで、マリエ様に付き添っていらしたのですよ。殆どお休みにもならず…」

二日前…キャナリーの脳裏に記憶の断片が浮かび上がってきた。この部屋に運び込まれたこと。フェンナー公の怒鳴り声。レンの驚いた顔。髪結いのマリエの、青ざめて泣き出しそうな顔。薬師のうろたえた顔…そうして、リコーの顔。いつもの刺すような光を失った栗色の瞳。熱く力強い手。その手が離れていこうとした時、そう、自分が言ったのだ、「行かないで」と。叫んだのか、呟いたのかわからない。唯、何度も繰り返した。「行かないで、リコー。行かないで…」もう一度その手がしっかりと、この手を包み込むまで…

「一昨日から、ずっとだと！」セノクは声を荒げた。「誰の指示だ？　ゾイアック殿、シア公爵の宮廷で勝手な…」

「私よ」キャナリーが答えた。「女の園の妖精宮には、私と公妃《ははうえ》が望んだ人は、誰でも入ってこられる筈よ。セノク、貴方こそ勝手に…」

「ああ、悪かったよ」そう言いながらも、セノクはキャナリーの方へ近付いていった。けれど部屋の中央のテーブルの前で、ふと足を止めた。

テーブルの上にはリコーのマントが乗っていた。その上でミルク色の地に黒っぽい縞模様の子猫が丸くなっていた。

セノクは猫の首根っこを摘んで、床に下ろした。それから裾と襟元に美しい刺繍の施されたマントを取り上げ、見つめた。内袖が付いて、部分的に三重仕立てになった旅装用の厚いマントは、けれど見た目よりは軽く柔らかだった。裏地には全面に、見事な地文様が織り出されていた。その文様の所々に、まだ新しそうな赤黒い染みが付着していた。キャナリーの血だと、セノクにもわかった。

「セノク…?」キャナリーはベッドから出て、立ち上がった。

子猫は待っていたように、ベッドに飛び上がり、キャナリーの温もりの上に座り込んで、毛づくろいを始めた。

「美しいマントだ。これが噂に高いジオレントの幾何織文様か」セノクは血を隠すようにマントを表に返し、猫の毛を払い落とすような手つきで叩いた。それからリコーの方へ放り投げた。

「それを持って、どうぞお引き取りください、ゾイアック殿。キャナリーはもう元気になったようだ」

「承知しました」リコーはセノクの冷たい目を見返し、一礼してから、続けた。「公爵には、どちらへ行けばお目に懸かれるでしょう。それから、アミはどうなりました？」

「ああ、忘れるところでしたよ」セノクは思わず目を逸らしながら、答えた。「父上が貴方に会いたがっておられたのを。貴方の伴侶の方も、もう元気になられて…父上の剣帯からは、すっかり〈気〉が抜けてしまいましたがね。お二人とも、シア宮の広間においでですよ。場所はおわかりですね」

「待って、リコー」出て行くリコーを、キャナリーが追って行こうとした。

セノクがその腕を掴んで、引き寄せた。「キャナリー、あの男にはもう構うな。あれは客人だ。唯の旅人だ。第一お前が死にかけたのは、誰のせいだ。あの男と、あの男の銀の剣のせいじゃないか」

「離して」キャナリーは逃れようともがいた。けれど痛みのせいか、二日も寝ていたせいか、まるで力が入らなかった。

「愛してるんだ」セノクは両腕をキャナリーの背に回して、抱き締めた。「ソラの第二王子ももう戻ってこない。詫びながら帰っていった。お前を落としたのが自分であるかのように。私の気持ちは知ってる筈だ。子供の頃から…お前が死んだら、私は、リコーを殺してたろう」

「いや！」キャナリーは一時痛みも忘れ、必死で抗った。「いやよ、セノク。馬鹿なこと言わないで。離してよっ！」

その声に、リコーは思わず振り返り、戸惑うレンを押し退けるようにして、室内に戻ってきた。

「キャナリー？」

キャナリーはセノクの向こう脛を蹴飛ばして、腕を振り払った。肩に激痛が走った。よろけながらリコーの方へ向かってゆき、倒れ込むようにその腕にしがみついた。

「リコー…行かないでって、言ったでしょう？」

リコーはそのまま、その身体を抱き寄せたい衝動に駆られた。このままこの娘《こ》の願いに、『諾』と言い続けられたら…無理なことだ。キャナリーが起き上がれるようになるまで…それが約束でもある。キャナリーの命が確かに救かったと見届けられれば、私も安心して、再び旅を続けられると思った。そう思ったから、私が側についていれば回復も早いかもしれないという医者の判断と、公爵やレンの好意に甘えさせてもらったが…もう、私がここにいる理由はない。セノクの言い分は、全く正しいのだ。

そのセノクはよろめいた拍子にテーブルに片手を突いて、そのままの姿勢で二人を見つめていた。怒りと屈辱に腕を震わせて。

「立てますか？」リコーはキャナリーの背を支えて、助け起した。そうして彼女の右腕を取り、その腕をレンの方へ差し伸べさせた。

キャナリーは戸惑いと悲しみの瞳で、リコーを見た。


クートとリーンは広間の手前で立ち止まった。

公爵が入り口を塞ぐように立ちはだかり、侍従長モクに指示を出していた。

「…そうだ、五日後には例年通り、神の新年の御言葉《カノン》が届くだろう。他の行事は取り止めても、御言葉の披露目はやらねばなるまい。他の日に予定しておった重大事の発表も、そこで一緒にやってしまえるよう計らって欲しい。導士の長にはその折に、婚約の儀も執り行なってもらえまいかと…」

「公爵！」アミの声が、公爵の背後から飛んできた。「私、まだ何も承諾してはおりませんのに」

クートとリーンとモクは、驚いて顔を見合わせた。

「否、とも聞いてはおらぬぞ」公爵は振り返りもせずに、言った。

「ご冗談かと…」アミは寄り掛かるように身をもたせ掛けていた長椅子から立ち上がり、公爵の方へ近付いていった。「それに私は、ソラの方々ばかりか、貴方様をも利用しようとしましたのよ。御息女にも大けがを…なのに、私を生き返らせてくださり、更には第二夫人のお怒りから、私は死んだと偽ってまで、お庇いくださった。そればかりか…」

「キャナリーの息を吹き返らせてもくれた」公爵はゆっくりと振り返り、青ざめた顔をして瞳ばかりが緑色に光る、小柄な女性を見下ろした。「そのために実際、今朝方ソラの一行がここを離れる時には、まだ死んだようにぐったりと、横になっておられたではないか。それにわしは、唯利用されたとは思っておらぬ。自分に何の益もない取引なぞ、一度としてしたことはない。貴女を庇ったつもりもない。唯、貴女をわしの側に置いておきたかったのだ」

アミは不安そうに相手を見上げて、問うた。「私を、愛してくださいますの？」

「愛してさしあげるのではない。愛しているのだ！」公爵は苛立ったように、頭を振った。「キャナリーの形代としてではない。貴女自身を、だ。何故、わかってくれぬ。それともゾイアック殿を気にしておるのか？　あの者は最早、貴方の伴侶ではないのだろう。ならば…」

「どういうことです？」モクの背後から、声がした。

モクは素早く身体をずらしながら、振り返った。いつの間にか、リコーが立っていた。

「おお、銀の戦士殿」公爵が振り向いて、声を掛けた。「見えられたか。さあ、入って掛けてくだされ。クートとリーンも」それからモクの方へ手を振って、続けた。「さ、今言った要望を、急ぎ礼拝堂に伝えるように」

モクは一礼して、立ち去ろうとした。それをリコーが、腕を伸ばして引き止めた。

「お待ちください。先ほどのお言葉は公爵、私とアミの間の契約が、すでに無効となっているという意味でしょうか？」リコーは公爵を見つめ、それからアミに目を移した。

アミは戸惑ったような顔をした。「その通りよ」そう言って、リーンを見た。

「ああ、リコーはまだ、知らないんです」リーンはそう言うと、一歩前に出た。

「緑の瞳…」リーンの方を向いたリコーは、驚きに目を見張った。「リーン、貴女は…」

「自分でもまだ、信じられないんです」そう言いながらもリーンは、背筋を伸ばしてリコーの正面に立った。「こんな〈気〉が、眠ってただけなんて…ですけど一昨日は、私だけでなく、シアだけでなく、世界にとって大変な日だったのです。〈魔の女王〉がお亡くなりになられたのです」

「一昨日…」リコーは、目の前の世界がスーッと消えてゆく感覚があったのを思い出した。死に瀕していたキャナリーの手を取り、祈っていた時だった。「あれは、動転していたせいだと思っていた」

「動転？　貴方が？」アミの皮肉な口調に、リコーは眉をつり上げ、彼女を見た。

アミはリコーの反応を無視するように、長椅子の傍らに戻っていった。椅子の上から銀の空剣《レプリカ》を取り上げ、はっきりと疲れの残る細い声で、言った。

「二人共に健在でも、銀の剣から〈気〉が失われずとも、女王が亡くなれば、女王との間で交わした契約は無効となる。貴方もそれは、知ってる筈。私は…唯、この日を待ってればよかっただけなのに、馬鹿みたいね…」

アミは言葉を切った。青白い手で銀の鞘をそっと撫でた。それから顔を上げ、続けた。

「貴方は、ホッとしてるでしょう、フラン・リコー？　けど、もう新女王は待ってるわよ、貴方が新たな契約を結びに行くのを」

「新たな契約？」リコーは、アミの方へ近付いていった。

それを制するように、アミは剣の柄頭を突き出した。そのまま少し横へ動かして、入り口の向こうを指した。

キャナリーが息を弾ませて、立っていた。

その後ろからセノクの声と、階段を駆け降りる足音が聞こえてきた。「キャナリー、待てよ。走るんじゃないって…」

クートが手を出して支えようとした。けれどキャナリーは真っ直ぐ公爵の前へ行き、掠れた声で訴えた。

「父上、お願い、リコーを引き止めてください」

「引き止める？」公爵は、頭を血の滲んだ包帯で包まれた娘を何時でも抱き留められるように、両腕を軽く差し伸べた。

キャナリーの方は自分の身は自分で支えられるとばかりに、両手を胸の下で交差させ、両肘を抱え込んだ。そうして剣を帯びて父の前に立つ時のように背筋を伸ばし、青ざめた顎をキッと上げた。

「暇乞いに来られたでしょう?」けれど声には力がなかった。「あの人、今日中にここを、シアを出てゆくと、言ってるんです」

「駄目よ、リコー」リーンがそう言って、リコーの側へ寄っていった。「キャナリーのけがが治るまでは行くべきじゃないわ。新しい女王様のメッセージを聞いてください。女王様は、貴方とキャナリーが…」

「リーン!」アミがリーンの言葉を遮った。「選ぶのは、フラン・リコー自身よ」

「でも、母は…」

「アノンと猫の口を借りて、女王様は間接的にこうおっしゃられただけ」アミは再び、剣の柄をリコーに向けた。「フラン・リコーが新しき伴侶として望む女性に、この空剣を渡すように。そうして二人で共に〈魔の国〉を訪い、新たな契約を交わすように、とね。あの娘と、名指してはいないわ。〈気〉を持つ者とも、持たない者とも、言われはしなかったけれども」

アミはキャナリーをチラと見遣ってから、空剣を目の前の小テーブルに置いた。指先はけれど、鞘から離さなかった。

「確かにキャナリーは…でも…」そう言いながら、リーンも空剣に手を触れた。

広間の空気が揺れた。リコーは目の前に〈魔の気〉の流れを感じた。

キャナリーが流れに誘われるように空剣に近付き、手を伸ばした。指先が柄に触れた。その瞬間、空気ははっきりと乱れた。〈気〉が激しく流れ込み、四方に広がり、広間を満たした。人々は突然、酒にでも酔ったかのような、あるいは足下から床がなくなるような感覚に捉えられた。

リコーは森の匂いを嗅いだ。魔の国の、人の声とも聞き紛う、葉ずれの音を聞いた。いや、違う。枝葉の音ではない。別の音…別の声か…だが耳ではなく、頭の中に直に呼び掛けてくるような…これは…？

キャナリーは衝動的に空剣を取り上げ、両手で抱え込んだ。

その後ろでフェンナー公が怒鳴っていた。「キャナリーを魔の国へ行かせるだと？　いかん、そんなことが許せるか！」

けれどキャナリーは聞いてはいなかった。誰も最早聞いてなかった。誰の耳も、何か人の声ではない声に心を奪われているようだった。誰もが、その意思すら〈気〉の中に取り込まれようとしている、リコーはそう感じた。

そうだ、これは〈御意思《カノン》〉なのだ――キャナリーと目が合った瞬間、リコーは突然、理解した。

ああ、そうだったのだ。〈神の声《カノン》〉は、何時でもそこにあったのだ。塞がっていたのは私の耳だったのだ。猫など多くの動物達は人の耳には聞こえない高い音を聞くことが出来る。だが、そのような高い音は存在しないも同じだと言う人もいる。自分の耳に聞こえないのだから、そこには存在しないのだと。〈神の声《カノン》〉もそういうものだと、私は思い込んでいなかったろうか。思い込んで、聴こうとしなかったのではないか？　聖者が仲介してくださる〈御言葉《カノン》〉を、唯、待っていた。与えられてあると知っているものだけを信じていた。女王が剣に込めた〈気の力〉だけを信じていた。聖者の口から現れる言葉だけを信じていた。まだ与えられないものは、天より下ってくるのを待つしかないと思っていたのだ。許しも、未来も、死も…全てはすでにそこにあったのだ。唯、耳を開き、唯、心を澄ませばよかったのだ。

リコーはキャナリーに向かって、両腕を伸ばした。キャナリーはその中に真っ直ぐ飛び込んできた。傷ついた身体をそおっと、けれどしっかりと抱き留めた。

乱れた空気は、すうっと落ち着きを取り戻した。

けれどリコーはまだ頭の中に〈御声《カノン》〉を聴いていた。目の前の唇に唇を重ねると、それは妙なる旋律となって胸の奥まで響き渡った。

終章　再生の旋律《カノン》

「シアの民衆は馬鹿じゃありませんよ」セノクはよく冷えたワインの注がれたゴブレットを取り上げながら、言った。「それに今ではクートもいます。父上の剣帯から〈気〉が失われたと知ったとしても、三十年近くこの国を平和に保ってこられた父上が、支持を失うとは思えません。民衆の支持があれば、ゴーツ王とて必要以上の差出口は挾めないでしょう」

「わしの跡継ぎを…」公爵はゴブレットの向こうから、ジロリと息子を睨みつけた。「お前と定めるように、とわざわざ言って寄越すのが、必要な差出口だと言うのか？」

セノクは肩を竦め、ワインに口を付けた。

「あれをアミのせいにするつもりはない」公爵は音をたててゴブレットを置いた。「もう一度言っておくぞ。銀の戦士のせいでも、誰のせいでもない。老いぼれの大工房の棟梁だけは許すわけにはゆかぬが…実際わしは、ソラからの申し入れに心を動かされたのだからな。キャナリーへの結婚話は幾つかあったが、まだわしはキャナリーを手放したくはなかった。女の手から剣を取り上げるような国にもやりたくはなかった。ソラは跡目争いを避けるために、第二王子を他国へやりたがっていた。それもゴーツ王領内の国へ。ゴーツ王を牽制するには、少々兵力を増すだけでは足りぬというわけだ。それはこちらにとっても、キャナリーにとってもよい話だと、そう思っただけだ。キリエ侯の娘とお前の話にしても、先方からそういう申し入れがあっただけのことだ。わしの言い方はいつでもあんなものだ、そうだろう？　それをお前も、エリカも…では何のために、お前に軍の指揮を預けたと思っておる？　アルクの単なる代わりだと思っておったか？　確かにアルクに、期待は掛けておった。わしを越える剣士として。だが領主としては…確かにあれは、黙っていても人を引きつけ、兵を従わせる何かを持ってもいた。だがあれは、一途に過ぎるし、素直に人を信じすぎる。人の上に立つには、お前くらい冷めた人間の方がよい。わしはずっと、そう思っておったのだぞ」

公爵は何時もの如くに、厳めしく瞳を光らせ、よく響く声でしゃべった。けれど極く近しい者なら、その内に若干の照れを認められるような口調だった。

セノクは手を宙で止めたまま、父を見つめていた。それから喉の奥で笑いながら、ゴブレットをテーブルに戻した。

「父上、それは母上が行ってしまわれる前に、言っておくべきでしたね」

「戻ってきたら、お前の口から言ってやればよい」

そう言いながら公爵は、自ら銀のデキャンタを持ち上げた。そうして殆ど空になっていると見ると、腰を上げて、テーブル脇の床に置かれたたらいの方へ腕を伸ばし、未開封のボトルを取り上げた。給仕係の小姓は公爵の後方で背を向けて、晩餐のテーブルの用意をしていた。

セノクが咳払いしてみせると、小姓は慌てて振り返った。けれど公爵は、構わずそっちの仕事を続けていろと言うように、片手を振って見せた。

「この後集まってくる者達の分も、飲んでしまうおつもりですか？」セノクは公爵に向かって軽く手を振り、立ち上がった。「母上は、戻ってこられるとお思いですか？　アミ殿の件は、もうお耳に入ってらっしゃるでしょう」

「あれは公妃だ」公爵は一寸考えてから、ボトルを氷水を張った楢材《オーク》のたらいに戻した。「その地位にいたいなら、戻ってくるさ。よいかセノク、覚えておけ。ゴーツ王国領の秩序《バランス》は、領主同士の力関係のみならず、正妻との力関係によっても保たれているのだ。愛情によってではない。愛情が作用するのは国ではない、心だ。これを混同してはならぬぞ」

その時、広間の入り口の帳が僅かに開き、モクが顔を覗かせた。「失礼いたします。アムニアナ様の御支度が整いましてございます」

公爵は豊かな髭に半分隠れた顔をほころばせ、頷きながら立ち上がった。

帳が大きく開かれた。浅葱色《ターコイズ》のドレスと薔薇色のリボンで着飾ったアミが立っていた。まだ顔色は青白かった。けれど思いつめたような表情は薄れ、気恥ずかし気な雰囲気は、娘のような若々しささえ匂わせていた。

「つまり、あちらが…」セノクはアミの方へ顎をしゃくった。「父上の愛情の領域ってことですね」

公爵は息子を目で窘めた。それから二人にしか聞こえない声で言った。「キャナリーは妹だぞ。それも、覚えておけよ」

セノクは口許を引き締め、囁き返した。「もう、忘れるものですか。私の中の炎は、氷を溶かしはしません。つまり私は、貴方とエリカの息子だということです。それに、銀の戦士には勝てませんよ、私も、父上も」

それから左手で、剣の柄に軽く触れた。ああ、そうさ、私はもう惑わされない、キャナリーにも、剣帯にも、アルクにも。アルク、シア公国の四代目国主は私だ、文句ないだろう？私はもう、それだけが確かな約束としてあるなら、それでいいさ。

公爵は一つ咳払いした。それから婚約者の方へ、手を差し伸べた。

その大きな手を見ながら、アミは思った。私、森へ帰りたかった。でも帰りたかった森は、もうない。先代女王はもういない。キャナリーはもういない。憎しみと不安と哀しみに、押し潰されそうになってた私はもういない。見栄と責務にがんじがらめになってた、フラン・リコーはもういない。フランシーは…私の中のフランシーも、やっと眠りについてくれた、一度消えた私の〈命の気〉と共に。そうしてここには、シアの国には森がある。シアの宮廷には森の匂いがする…いいえ、そうではない。私、森に帰ったのだわ。あの時、リーンの〈気〉と私の〈気〉とキャナリーの娘の〈意思〉とが、〈森の気〉を引き寄せた、あの時からずっと聞こえてる旋律《カノン》…あの時私、許されたのだわ…

アミは口許に笑みを浮かべ、〈愛情の領域〉に向かって踏み出した。

ブコノスは穏やかに微笑んでいた。市井の騒乱と王宮の混乱が子供の喧嘩でもあるかのように、〈神の家〉から外を眺めやっていた。

王はブコノスと、彼に従った導士達を謀反人と決めつけ、捕らえようとした。

けれど人々は見た。ブコノス達が葡萄畑の向こうから、光に包まれて下ってくるのを。〈神の家〉の正面で祈りを捧げ終え、水松《イチイ》の杖が振り下ろされると時を置かず、天より慈雨が降り注ぐのを。乾期の最中《さなか》の恵みの雨が大聖堂の火を鎮め、畑への延焼を免れさせ、ひび割れた地を潤すのを。その上焼け残った財宝は、全て恵まれぬ人々のために放出すると聞かされた。

王は神の〈御言葉《カノン》〉に依りて出された〈神の家〉からの進言書を引き裂いた。ジオレント国内のイエナ人及びピエナ人にもジオレント人と同等の権利を、隔地のジオレント人にもタマリンド市民と同等の豊かさを、との要望の書を。

かくして王宮は急襲され、王は逃亡した。

イエナ人とピエナ人と貧しき人々は叫んだ。「正義の勝利だ！」

豊かなジオレント人は囁いた。「先の戦の責任を、銀の戦士一人に押しつけた罰だ。王の肩を持てば、我々も襲われるだろう」

かくして新しき王が立てられることとなった。

王の弟が一人、その昔イエナ人の娘に恋をして、王に追われ、今もイエナで亡命生活を送っていた。その弟を呼び寄せようというブコノスの意向に、反対する者はいなかった。

ブコノスはやがて微笑みを消し、〈神の家〉の前庭に集まった者達を振り返った。旅支度をした者が八名、見送りの者が数名立っていた。

導士マリスは新王を迎えに、故国イエナへ赴くこととなった。その伴をするのは優れた剣士でもある王家の家令の息子、それに彼の従者だった。家令は王と共に逃げたが、彼等は忠誠よりも良心を選んだのだった。

残る旅支度の五人は、アルク・シオンと導士エラン、それに修養を終えてソラ国へ帰国するサルノという名の導士と、彼等の従者として、王宮に残っていた小姓達の中から選ばれた少年二人だった。

ブコノスと導士達は革命の仕上げとして、司巫女とその長の座を復活させるべきと考えた。そこに就く者は〈魔の女王〉と女王の侍女達より他にあり得ない。

「もちろん」ブコノスはアルクとエランに話し掛けた。「我々が〈御言葉《カノン》〉を正しく解釈しておるなら、〈魔の国〉の方でも〈神の家〉へ帰り来る準備を始めている筈です。そうしてこちらからの使者を迎える支度も整えているでしょう。ですから貴方方はあまり捜し回ることもなく、女王の元へ辿り着けましょう。着いたなら、新女王への私からのメッセージを、どうか一言も違えず伝えていただきたい」

アルクとエランは神妙に頷いた。

「導士サルノ」ブコノスはサルノの方へ顔を向けた。「貴方はソラ国へ戻れば、導士長の座が約束されているそうですが、その責務の重さをくれぐれも忘れぬように。〈森の国〉の入り口でエランとシオンの二人と別れることとなりますが、その先の道中、何事もなきよう祈っていますよ」それから、サルノの隣に緊張して立っている少年に微笑み掛けた。

「はい、聖者ブコノス」恰幅のよいサルノは出来る限り腹を引っ込め、身を縮めるようにして答えた。

「〈森の国〉からソラまでは、山谷を一つ二つ越えるだけです。私とて神の道に入るまでは、剣士の端くれだった身で…」

アルクは〈神の娘〉の一人が、自分の方へ近付いてくるのに気付いた。最初に見知った髪に軽くウェーブの掛かった娘だった。今では彼女の洗礼名も知っていた。フローリアという美しい名だった。

「シオン」フローリアが柔らかな声で、彼の洗礼名を呼んだ。「どうぞ、ご無事で戻っていらしてください。ですけど…何時戻っていらっしゃるのでしょう?」

「わかりません」アルクは彼女の瞳が、不安にいっそう黒く翳るのを見た。「〈魔の国〉はすぐに見つかるかもしれません。何年も見出だせないかもしれません。ですが…戻って参りましょう。私を、待っていてくださる方がいるのであれば」

フローリアは頬を染め、右手を差し出した。「お待ちしております」

アルクはその手を取り、くちづけた。

そうして顔を上げながら、思い出したように言った。「先代は、あれ程の財宝を隠し持っていながら、側にこんなか細い女性しか置いておられなかったとは、不思議ですね」

「シオン」マリスが横合いから口を出した。「女と侮って、くれぐれも油断召されるな。〈神の娘〉は素手で戦えば、貴方より強いかもしれませんよ」

「え…」アルクは驚いてマリスを見た。それからフローリアに目を戻した。

フローリアは彼を見上げて、いたずらっぽく笑った。「確かめてごらんになります？」

「…まさか…」


「まさか…」シダーは目を見開いて、二本目の矢の行跡を追った。

一本目はすでに彼方の的のほぼ中心に突き刺さっていた。その次の矢も、矢じりが重なり合う程の位置を射抜いた。

シダーは的の方へ首を伸ばして確かめると、高く口笛を吹いた。「すっげえ！」

すぐ後ろを振り返ると、モトスが笑い掛けてきた。矢を放ったのが自分であるかのような顔をして。それから二人の間に置いた箙《えびら》から次の一本を抜き取り、リコーに差し出した。

リコーはそれを受け取りながら、シダーに向かって言った。「いい弓だ。実に扱い易い」

「そりゃあ特注品ですからね」シダーは〈銀の戦士〉に対しても、相変わらずの口調で答えた。

「俺の体型に合わせて作らせた。で、リコーと俺の体格は大体同じ位だから。腕の長さもね。けど俺の力や、癖にも合わせて作ってあるんですよ。なのにいきなり二本立て続けに、それもこんな距離から…信じられませんよ」

「リコー様は」モトスが小声で話し掛けた、リコーの集中を乱さないように。「剣だけでなく、弓や槍の腕だって超人的なんだ。それに素手の戦いも、笛も詩吟《うた》も何だってね。だから〈銀の戦士〉なんだ、〈剣士〉ではなく」

「笛も…？」シダー今度は囁くように、口笛を鳴らした。

その音に合わせるように、鋭く空気を切って三本目の矢が放たれた。それは澄んだ音を立てて的の真芯に突き立った。

「たまんねえなあ」シダーは笑って、首を振った。「いくら〈銀の戦士〉でも、俺の弓を俺より上手く扱われちゃあ…ねえリコー、キャナリーの怪我が治ればすぐにも出発するって聞きましたけど、もっとここにいて、みんなに剣や弓の手解きをしてってくれてもいいんじゃありませんかね。貴方の笛や詩《うた》だって、まだ聴かせてもらってないし」

「君はモトスと、随分ウマが合っているようだからな」リコーはシダーとモトスを交互に見た。「私より、モトスを引き止めたいのではないか？　モトス、もしお前が望むなら、シア公爵の兵士にしていただいて…」

「リコー様！」モトスは目を丸くした。「ご冗談でもそのような…」

「冗談だと思うか？」リコーは四本目の矢に手を伸ばした。「だがお前は、充分私に尽くしてくれた。祖父のように一生を従者で終えたいとは、思ってないだろう？　この先の旅も、あてのない旅だ。魔の国へ辿り着いてからのことは、全くわからない。これ以上そんな旅に、若いお前を従わせるのは…」

「若いって…」モトスはぶっきらぼうに矢を手渡した。「キャナリー様は私と同い年ですよ。第一私がいなくて、リコー様はともかく、キャナリー様のお世話は誰がするとおっしゃるんです？」

「ほら、そんなふうに…」リコーは弦を引き絞りかけて、横手からの煽るような風に手を止めた。「お前がそんなに感情的な人間だとは、ここへ来るまで気付かなかった。何時でも平静そのもので、若者らしくない奴と思っていたよ。この国の空気が、よほど合っているんじゃないのか？」

「らしくない奴で結構でございますよ」モトスは口を尖らせながらも、風に向かって探るように手を翳した。「ですけど…平静だったわけじゃなくて、何も知らなかっただけなんですよ。私は新米の従者で、子供で…丘の下から吹き上げてくるんですね、この風は…私はつい最近まで、フランシー様がどうして亡くなられたのかも知らなかったんですよ」

リコーはハッとしたように、モトスを振り返った。

モトスは風に向き合ったまま、〈平静な〉顔で続けた。「何日か経って、噂で亡くなられたらしいって聞いたんです。何時、どうして、どんなふうに南の離宮なんかで亡くなられたのか、私共ペーペーの衛兵には、何にも伝わってこなかったんですよ。リコー様が、箝口令を敷いてらしたんでしょう？」

「いや、私は何も…」リコーは探るように、モトスの横顔を見つめた。それから離宮の守備隊長の、何もかも心得ておりますとも…とでも言いた気な顔を思い出した。

「いずれにしても」モトスは手を下ろし、口許に笑みを浮かべた。「知ったことでやっと、私の中のフランシー様は亡くなられたんです。やっとあのお顔を、思い出の中にしまい込める…風、鎮まりましたよ」

「私も、何も知らなかったのだ」リコーは口の中で呟いた。私は何も、知ってはいなかった。全て知ったつもりでいた。そうして知ろうともしなかった。自分の伴侶の心を。自分の信奉する神の御言葉を。その真意を。私が見失った銀の剣を、フランシーが見つけ出そうとは、思いもしなかった。それを命懸けで、私の元へ運んでくれようとは…私が守っていた筈の小さな娘が、私を守ってくれようとは思いもしなかった。私は、失うべくして全てを失ったのだ。だがモトスは、自分が何も知らないと知っていた。知りたいと思い続けることで、今フランシーを得たのだ。自分自身を得たのだ。

モトスは怪訝そうにリコーを振り返った。けれど何も言わなかった。

リコーは弓と矢をシダーに返した。「私はもう充分だ。君の腕前を見せてくれ」

「俺は、今日は…」シダーはためらいがちに弓矢を受け取りながら、答えた。「リコーには剣を御指南いただけると、ありがたいんですよ。明日の剣技会のために」

「シダーも出るの？」

モトスに訊かれて、シダーは照れくさそうに肩を竦めた。「ああ、キャナリーの代わりにな。キャナリーが体調を押しても出たがるのはわかってるから、セノクの奴、先回りして俺の名前を登録しちまったんだ」

「何だって？」三人の後ろで、クートの声がした。「じゃ、私の一回戦の〈意外な相手〉って、お前か？」

「簡単な相手で、よかったと思ってるだろ？」シダーが口を尖らせた。それから親友を見上げて、ニヤリと笑った。「どうせ明日は、お前が主役なんだ。お前の剣帯のお披露目のための剣技会なんだからさ。夏至祭なんかのとは違って、誰も本気で打ち掛かってきやしないさ。決勝でセノクと形ばかりの打ち合いをやって…」

「セノクが…?」クートは愉快そうに笑い返した。「私とセノクが剣を交えて、本気にならないと思うか?」

それからリコーの方に話し掛けた。「ご心配なく。お客人を退屈させるような試合は、お見せしませんよ」

「では」リコーもつられて微笑んだ。「決着をつける時が来た、というわけか?」

「決着…」クートは一寸考えるように、顎に手を当てた。「そうですね、決着は、もちろんつくでしょう。ですがセノクは、もうそれ程こだわってないようですよ。あの時は彼も、珍しく頭に血が上ってましたからね。今セノクが決着をつけたいと思ってる相手は、むしろ貴方でしょう」

軽く冷やかすような目でクートは、チラとリコーを見下ろしてから、続けた。「それにあの後、フェンナー公も御気を変えられたし…私の剣帯の披露目のついでに、公爵はセノクを正式に跡継ぎとすると、内外に公表なさるそうです。公国軍の指揮も近い将来、セノクにすっかり委ねるつもりだと、明言なさいました。私は彼の副官となり、正戦士《ナイト》の称号と土地までいただけるんだそうです。シダーの伯父上と共にね」

「伯父貴も…?」シダーは目を丸くした。「初耳だぜ」

「ここ数年の、国境の小競り合いにおける功績に対して、だとさ」クートはシダーにウインクしてみせた。「つまり、養子《むすこ》のお前の地位も、自動的に上がるってわけさ」

「それって…」モトスがシダーの肘をつついた。「空飛ぶ猫の御利益？」

「たぶんな」シダーはモトスの耳元に囁いた。「お前にもそのうち、きっと何かあるぜ」

それからまだ手に持っていた矢を箙に戻し、今度は誰にともなく、続けた。「けどフェンナー公も、何だか気弱くなられちまったな。殊にアルクが出ていってからこっち…いや、獅子のような外見は大して変わってないよな。威圧的な雰囲気も、女好きなところも…でもあの外貌そのままに御我意を押し通したりしなくなってきたんだよ。お前もあっさり許してもらえて、びっくりしたんじゃないか、クート？　で、今度は、あの剣帯を三十年近く守ってきたんだ、もう充分…ときたもんだ。セノクだってあれじゃあ、落ち着かざるを得ないよな。お幸せそうではあるか、二十近くも若い女性を…おっと…」そう言って、リコーの顔を伺った。

「私に気兼ねせずともよい。私達はもう、それぞれ別の船で別の河に漕ぎ出したのだから」

そう言ってリコーは自分の剣を見下ろした。アミは幸せではなかったのだろう。銀の剣があっても、〈気の力〉があっても、大聖堂の膝元で、物質的には何不足のない生活をしていても…

（ここに御心《カノン》はないわ）アミはそう言ったのだ、冷たく大聖堂を見上げて…私は何故、あの時に耳を澄まさなかったのだろう。心を傾けなかったのだろう。何故、彼女を責めたりしたのだろう。そうだ、私はすっかり忘れていた、あれ程激しく詰ったことを。何故、思い出さなかったのだろう、あの痛みに満ちた瞳を？　アミは忘れてはいなかったのだ、決して。だが、今はもう…

「今はもう私達は、御心《カノン》の慈悲深き風を受けて、別の海へ出てゆくのだ。どんな海かはわからぬが…」

「わからずとも」クートが真っ直ぐリコーの方を向いて、言った。「キャナリーは幸せですよ、きっと。この宮廷ではずっと孤独だったんです、黒髪のマリエ・キャナリーは。本音のところでは、ここを出てゆきたいと一番願っていたのは、キャナリーでしょう、アルクでも、私でもなく。わかるんですよ、私も似たようなものだったから。母が妖精宮の女官だったとは言え、宮廷では、果樹園の管理人の孫で赤毛のバーリ人。果樹園に帰れば、宮廷の剣士にして藍《あお》い目のゴーツ人。居場所はなかった。剣しかなかった。だからアルクに勝ちたかった。唯、アルクに勝たなければと、思っていただけなんですよ。それが、あんなことに…リーンに出会えたのは幸運でした。リーンがいれば、全てに耐えられる…貴方もリコー、幸運を感じてらっしゃるでしょう？　魔女の森で出会った頃とは別人のような、柔らかな表情《かお》をしておられる」

「私が…？」リコーは驚いたように顔を上げた。その目に、西の丘から湧き上がる黒雲が映った。

　再び風が、丘の麓の方から吹き上げてきた。今度は低い石壁を乗り越え、射的場を回り込むように半円を描いて馬場の上までゆくと、黒く踏み固められた土に吸い込まれるように鎮まっていった。

「ひと雨来そうですね」クートは風を目で追いながら、微笑んで続けた。「キャナリーは強い娘です。それに今回は〈魔の国〉へ行くと言っても、大体の位置はわかっているのですし、女王に招待されて行くようなものですから。貴方は心配しておいでのようですが…兵舎の軒下に避難しましょう…その先が見えずともへっちゃらですよ、あの娘《こ》は。貴方と一緒にいられるならね」

「けど、変じゃないか」一番後からのんびりと軒下に入りながら、シダーはモトスに話し掛けた。「〈キャナリー〉に〈様〉を付けるのって？」

「そう、ですねえ…」モトスはリコーの方に、問い掛けるような視線をチラと向けた。

「でも、キャナリー様御本人から、キャナリーと呼んで欲しいと強く言われましたし、さりとて、呼び捨てにも出来ませんし…」

「そんなら尚更、フェンナー公と…」

突然、空が光った。滝のような音を伴って雨が降り始め、シダーの声を掻き消した。

「え、何だって?」モトスが声を張り上げた。

シダーも声を大きくして、続けた。「…ここの戦士なら皆、キャナリーって呼び捨てにしてんだから。フェンナー公だって、キャナリーの従者が自分の戦士なら、もっと安心するんじゃないかな」


「安心したわ」キャナリーは丁度化粧室に入ってきたレンに、顔も上げずに話し掛けた。

「預けた猫達が皆、リーンとアミに懐いてくれて。これで貴女達も…」

「私共も…」レンが気分を害したような声で、答えた。「誠意を持って、アムニアナ様にお仕えするつもりでおりますよ。貴女様にお仕えしておりました通りに。今もあの方に御不自由な思いは…」

「でもあの人を、好いてはいないでしょう?」そう言ってキャナリーは、ようやく化粧台の引き出しの上から頭を上げた。手には化粧品ではなく、形状の違う二本の短剣と、薄刃のナイフを持っていた。「どれを持って行こうかしら…」

「これを持ってお行きなさいまし」レンが手にしていた二本の瓶を差し出した。同じ大きさの、香り水用の青い遮光瓶だった。「一本は、今年のメリッサから作られたばかりの香り水です。来週までお待ちになれますなら、もう三、四本届けられる筈です。それだけありましたら、御旅行が多少長くなったとしましても、毎日ふんだんに使われて大丈夫でしょう。もう一本は、糸杉《サイプレス》の香りを付けました髪水です。ゾイアック様がお好みと伺いましたので…」

「レン！」キャナリーは刃物を放り出すように化粧台の上に置くと、腕を差し伸べ、レンの首に巻きつけた。「ありがとう」

「ああ、瓶を落としてしまいますよ」思いがけない感謝の表明に、レンは目を見開いて、首を反らした。

窓の外で稲妻が走った。続いて雨が、激しい音を立て始めた。

キャナリーは腕を離して、窓を見た。雷光の後に続く瞬間の闇の中で、その瞳は緑色の光を帯びて見えた。少なくともレンにはそう見えた。

「マリエ様は…」レンは香り水の瓶を、静かに化粧台の上に乗せた。「アムニアナ様をお好きでいらっしゃいますか？」

キャナリーは驚いたように振り返った。短い黒髪の先が頬に当たった。頭の傷を手当てする時に医者がバッサリと切ってしまい、ようやくまた伸ばし始めたばかりの、その髪の先を払いながら、ゆっくりと答えた。

「あの人は…自分の気持ちを見せない人ね。それでも…リコーがかつては愛した人で、今は父上の一番大切な人で、そして母様が、たぶん一番心を許した人。私の命も救けてくれた、自分の命を賭けてまで。だから…ねえ、それに私は剣士で、十《とお》の頃から男の子の中でもまれてきてるけど、だから大抵のことは平気だけど、あの人は剣の鞘を、自分の手では一度として払ったことのない人なのよ」

「承知しておりますよ」レンは真剣な面持ちで、キャナリーを見返した。「貴女様が旅立たれました後には、私もアムニアナ様の居室の方へ移らせていただくことになっております。あちらに好き嫌いを仕事ぶりに表すような者がおりましたら、厳しく言ってやりましょう。ですが、内心の好き嫌いは致し方ございません。それは偏見とは異なるものです。偏見など、私は…」そこで一寸言葉を切り、自分の耳に掛かる金色の房毛を指に巻きつけ、横目で見た。

「そうですね、少しはあったかもしれませんね…」

「いいえ」キャナリーはきっぱりと首を振った。「いいえ、レン、貴女は本当によくしてくれたわ、私にも、母様にも。母様が亡くなられた後、貴女がいなかったら…私の部屋の物で欲しい物があれば、何でも持っていってちょうだい。貴女と、髪結いのマリエにあげるわ」

「マリエ様…」レンは目を上げ、眉間に皺を寄せた。「それは、もうここへは戻っていらっしゃらないと、そういう意味ですか?」

「わからないわ。でも旅の相棒としては…」キャナリーは腰の剣に視線を落とした。「これがあればいいのだし、それに、どちらにしても私…もう何もいらないの、リコーさえ側にいてくれるなら…」

「互いが側にいてさえくれるなら…」女王は〈祈りの家〉の中央に立ち、入り口の方を振り返った。「それだけでいい。何もいらない。〈気〉さえもいらない。そうアムニアナとフェンネル公爵が、銀の戦士の伴侶ではなくなった者と〈魔の剣帯〉を失った者が望むなら、私が反対する理由はありませんよ。私の前まで来て誓う必要もありません」

「では」アノンは女王の傍らへ寄っていった。「公爵の剣帯とアミの空剣を、キャナリーの娘に持たせるのも…?」そうして女王の背後の祭壇に、手にしていた剣をそっと載せた。剣は自ずから銀色の光を放った。

「問題はありませんとも」女王は剣を見遣り、満足そうに頷いた。「一時的に預かり、運んでくるだけであれば」

「ですが、キャナリーの娘は…」アノンは言い淀み、その場に佇んだ。

「貴女の方が…」女王も一瞬言い淀み、けれど厳然とした声で続けた。「よくわかっているでしょう。カタリアナの娘が死ねば、フラン・リコーの気力も絶えてしまうと、申しませんでしたか？　神はフラン・リコーを救けるよう仰せられました。そのためにカタリアナの娘が必要であったのなら、他に手立てがなかったのなら、神の御意に反したとは言えません。フラン・リコーを救け、この国へ導く、〈御意思《カノン》〉にとってまず、それが何よりも必要なことだったのです。マリエ・カタリアナが剣士である点は二の次です。力を行使する者が、力を護る者になれないとは限りません」

「そうですね」アノンは女王の胸の内を推し量るように、その横顔を見つめた。「もう古い秩序は崩れてしまった…いえ、死に瀕していた秩序が、新しい価値観を取り込んで蘇生しようとしている、というわけでしょうか？　ジオレントで起こっていることを考えてみましても…」

「そうです」女王は手にしていた香炉を剣の傍らに置き、蓋を取った。乳香樹《フランキンセンス》の深く澄んだ香りが、軽やかに立ち昇った。

「銀の戦士の伴侶が〈気〉を持たないというのも前代未聞です。ですが、神に依りて選ばれたる者には、選ばれるべき理由がありましょう。深く潜在しているだけなら、私が〈目覚め〉の手助けをしてやってもよいでしょう。それとも、彼等がこの国を見つけられないとでも思っているのですか？　フラン・リコーとマリエ・カタリアナは〈御意思《カノン》〉に依って、ここへやって来るのですよ。私共が去った後の〈森の国〉を切り開き、新しき国を造り、治めるために。知っているでしょう、リコーという洗礼名の意味は？　〈礎を置く者〉…それにフラン・リコーがここを訪うのは、何度目です？　むしろ心配なのは、ジオレントからの使者の方でしょう」

「ジオレントの？」アノンは再び剣に目を向け、口許をほころばせた。「彼等にこそ、神のお導きはありましょう。この剣を受けるに相応しき者ならば、必ずや辿り着きましょう」

「では、始めましょう」

　女王の言葉にアノンは頷き、入り口へと戻った。先代女王の侍女だった、そうして今も女王の侍女として仕える二人の若い娘が待っていた。

「いいですね」女王は侍女達に背を向けたまま、声を掛けた。「そこで、三人でしっかりと〈気〉を結んで〈祈りの家〉を守るのですよ。銀の剣に私が〈気〉を込め終えるまでは何一つ、誰一人近付かせないように」

「その〈銀の剣〉をどなたに…？」娘の一人が問うた。「ジオレントから来られるのは、導士なのでしょう？」

「一人は導士です」女王は振り返って、答えた。「今一人は、修道士にして剣士でもあるアルク・シオンです。この者が真に銀の剣に相応しい者であると、ここで証明して見せれば、銀の剣と同時に、私共の未来もこの者の手に渡すこととなりましょう。もちろん〈森〉に残りたいと思う者は、残ってかまいません。フラン・リコーとマリエ・カタリアナの側に残って、仕える者も必要でしょう。私に仕えたいと望む者は全て、アルク・シオンと共にこの地を去ることとなります」

「この地は、戦士の国となるのですか?」もう一人の娘が少し不安そうに、首を傾げた。

「ここは一千年余の昔…」女王はその不安を拭い消すように、ゆっくりと首を振った。

「神が私共に御与え下さった避難所です。唯の避難所に、ですが私共は長居をし過ぎました。今や、還るべき時が来たのです。私共の故郷、信仰の礎のある所、〈神の家〉へ——」

Fin

著者プロフィール

カンナ 未歩（かんな みほ）

1960年愛媛県生まれ
横浜市在住
家族は夫と愛猫《むすめ》一匹
2001年9月に小説『ジャスミン・ノート』を文芸社より刊行

銀の戦士

2002年5月15日　初版第1刷発行

著　者　カンナ 未歩
発行者　瓜谷 綱延
発行所　株式会社文芸社
〒160-0022　東京都新宿区新宿1-10-1
電話03-5369-3060（編集）
03-5369-2299（販売）
振替00190-8-728265

印刷所　株式会社平河工業社

ISBN4-8355-3684-3 C0093